Illustration／三登いつき

CONTENTS

逃がした魚は大きかったが釣りあげた魚が大きすぎた件3　011

星合の空をながめつつ、あなたと　281

あとがき　290

STORY

結婚相手を探すためルビーニ王国に留学していたマリーア。
婚約破棄騒動を経て王太子レナートとの婚約が決まり、一安心!
しかし、そこへ帝国から皇太子御一行がやってくる。

皇太子のアントーニウスは暗殺者に命を狙われており、
皇女アンシェリーンは、かつてレナートと婚約問題でいろいろあった仲。
やっかいな匂いしかしない彼らに、
絶対近づくなと釘を刺されるマリーアだが…。

気づけば暗殺者たちから皇太子を守り、
皇女が抱くわだかまりも、持ち前の明るさで解きほぐし、
ついでに怪しげな呪術師とも仲良く(?)なり!?
マリーアの八面六臂の活躍で、
帝国の面々は無事自国へと帰っていったのだった。

The fish I missed was big,

but I caught another fish was too big.

マリーア・
アンノヴァッツィ
（愛称ミミ）
ムーロ王国の武道の名家アンノヴァッツィ公爵家五女。思ったことがすぐに口に出てしまう。ドタバタとした騒動を経て、無事、王太子レナートと婚約。
レナート・ディ・
ルビーニ
ルビーニ王国王太子。絵に描いたような完璧な王子だが、実はどんくさく、なぜかやたらと力持ち。マリーアを溺愛している。

ライモンド・
チガータ
ルビーニ王国チガータ侯爵家長男。常にレナートを一番に考える優秀な側近。気配を感じさせずにマリーアの背後に立つことのできる数少ない一人。

プラチド・ディ・
ルビーニ
ルビーニ王国第二王子。いつもニコニコと微笑んでいる朗らかな性格。子供の頃からの想い人、アイーダと婚約できた。マリーアのすべてが笑いのツボ。

アイーダ・
アメーティス
ルビーニ王国アメーティス公爵家長女。国一番の淑女と言われるほどの美しい令嬢。遠縁のマリーアとは子供の頃からの仲良し。

ももよ万葉
Illustration：三登いつき

逃がした魚は大きかったが
釣りあげた魚が大きすぎた件

3

The fish I missed was big,

but I caught another fish was too big.

逃がした魚は大きかったが
釣りあげた魚が大きすぎた件 3

ステンドグラスから射すカラフルな光に包まれ、ウェディングドレス姿のアイーダがゆっくりとバージンロードを進む。腕を組み隣を歩く父親のアメーティス公爵は既に感極まり涙目だ。

厳かな聖歌の流れる中、私たちはその様子をただただ静かに祝福していた。丸いドーム状の天井画に壁や柱の豪奢な彫刻。どんな女神や天使であろうと、今日のアイーダの美しさにはかなわない。

ここは王城の敷地内にある教会。私はアイーダとプラチドの結婚式に参列していた。招待されているのは家族と近しい人だけという、ごく限られた人数で行われている。

白地に金糸の刺繍を施された、王族だけがまとうことのできる正装に身を包んだプラチドの隣にアイーダが並ぶ。見つめ合う二人にあちこちから感嘆のため息が漏れた。

「アイーダ、とっても綺麗……」

私はあわてて両手で口を押さえた。

しまった、また思ったことをうっかり口にしてしまった。おそるおそる隣に並ぶレナートをちらりと見上げると、彼はにこりと美しいほほ笑みを向けてくれる。後ろの席にいるライモンドもまた、若干呆れつつも、口の端を上げるだけだった。今回ばかりは皆、私の悪い癖を許してくれている。

きっと皆も同じ気持ちなんだわ。

私は温かな気持ちのまま、幸せそうに見つめ合うアイーダとプラチドの姿を見守った。

式の後は、そのまま王城へ移動し、バルコニーに出て国民へ二人のお披露目だ。バルコニー前には、一目だけでもアイーダの美しい姿を見ようとたくさんの人たちが詰め寄せている。

国王陛下、王妃様、そしてレナートがバルコニーに出てきた。少し間を置いて、プラチドとアイーダがゆっくりと姿をあらわす。いっせいに歓声が上がり、プラチドが民に向かって手を振った。少しだけ恥ずかしそうにしながらも、アイーダも小さく手を振っている。

「プラチド殿下ー！　アイーダ様ー！」

「ルビーニ王国万歳！」

「アイーダ！　すごく綺麗よー！　こっち向いて――！」

ひしめき合う観衆を端から端までゆっくりと見回していたアイーダのほほ笑みが、一瞬だけがちりと強張った。

「アイーダー！　こっちよ！　私はここよー！」

アイーダをはじめ、バルコニーにいる全員の視線が、観衆の一番前で大きく手を振る私に集まった。

バルコニーには、王族しか出ることはできない。王太子の婚約者とはいえ、結婚前の私はまだ王族ではないので彼らと一緒に並ぶことはできなかったのだ。だから、急いで参列用のドレスから動きやすい服装に着替え、バルコニー前の特等席を陣取って待っていたのだ。私が人込みに紛れているのに周りの人たちは驚いていたけれど、二人を祝福したい気持ちは皆一緒だ。すぐに仲良くなって、私のサプライズに協力してくれた。

驚いて目を丸くしていたアイーダが堰を切ったように笑い出した。彼女のその弾けるような笑顔に、その日一番の歓声が上がった。

「まったく、あの時はさすがに驚いたよ。さっきまで隣にいたはずのミミが目の前で手を振っていたのだから」

執務室のソファにゆったりと腰掛けたレナートがため息交じりにそう言い、昨日のことを思い出しているのか肩を揺らして笑っている。

「そうでしょう。ものすごく急いで着替えたのよ。ロザリア様のところの侍女たちと入念に打ち合わせをして、早着替えの練習を何度もしたんだから」

私がそう得意げに胸を張ると、呆れ顔でライモンドがテーブルに紅茶を並べた。

「なるほど、ロザリア様の協力があったのですね。急に姿が見えなくなったと思ってはいたのです。てっきり控室でお菓子でも食べているのだとばかり」

ライモンドの声に、私はクッキーに伸ばしかけていた手を引っ込めた。

ロザリアたちは、私の早着替えだけでなく、あの夜に行われた披露宴の支度もしっかりと手伝ってくれた。素敵なドレスにはやっぱり腰に大きなリボンがつけられていて、教会でも披露宴でもレナートにしっかりと摑まれていた。おかげで私は勢いあまって飛び出して行ったり、突然飛び上がったりすることもなく、無事お淑やかな次期王太子妃でいることができたのだ。

「あー、まぶたを閉じれば、今でもはっきりとアイーダの美しい姿が浮かんでくるわ。素敵な式だったわねえ」

　ソファにもたれ伸びをしながら私がそう言うと、レナートがほほ笑んだ。

「半年後は私たちも同じようにあの教会で式を挙げるんだよ」

　レナートはそう言うと、先ほど私が手を引っ込めたクッキーを摘まみ上げ、シュッと私の口に放り込んだ。思わず口を開けて受け止めてしまった私は顔をしかめる。

「そうよ！　半年なんてあっという間なんだから！　太ったらどうするのよ、レナート！」

　私はそう言い、ぽかぽかとレナートの腕を叩いた。いつも通り仲が良いですねえ、とつぶやきながらライモンドがさっさとクッキーの皿を下げる。

　私とレナートの結婚式は、半年後に行われる予定だ。すでにウェディングドレスの製作は最終工程に入っている。私の後見についたピノッティ侯爵家お抱えのデザイナーとロザリアがデザインした渾身のドレスだ。私たちの結婚式が成功するかどうかで、ピノッティ侯爵家の評判が左右されるらしい。今からサイズの調整など絶対に無理ですからね、とロザリアに口を酸っぱくして言われているのだ。

「やっぱりもう少し運動量を増やさなきゃ」

　私はそう言い、ライモンドが下げようとした皿からクッキーを一つ盗み取り、口に放り込んだ。

「あっ！　せっかく下げてさしあげたというのに！」

「だって、美味しいんだもの。一つじゃ足りないわ」

もう一つ取ろうとした私の手を機敏な動きでかわし、ライモンドはさっさと皿を下げてしまった。休憩を終えたレナートが立ち上がり、執務机に向かう。

「最近は母上とのミニお茶会もないのだから、その分食べてもいいのではないか？」

「殿下はまた、そうやって甘やかして……」

ライモンドは顔をしかめたものの、手だけは素早く動かして、机の上の書類をどんどんと仕分けしていった。その量に今度はレナートが少しだけ顔をしかめる。

王妃様のミニお茶会とは、私とアイーダだけが招かれる私的なお茶会だ。義理の娘と仲を深める、という名目で、王妃様が自分の庭で開催する。とはいえ、据え置きのテーブルセットに簡単なお菓子と紅茶だけの、言ってみればただのおやつタイムだ。アイーダ手作りのケーキやクッキーが並ぶこともある。

「レナートはおとなしくて本ばかり読んでいるし、プラチドはすぐに庭を走り回っちゃうし。こうしてお菓子をつまみながらおしゃべりできる娘が欲しかったのよ」王妃様はそう言い、「さあ、いっぱい食べなさい」と私の口に次々とお菓子を放り込んでくる。たまにアイーダの口にも放り込む。めったに完璧な笑みを崩すことのない彼女が目を丸くして戸惑う姿を見ることができるのは、私と王妃様だけの特権だ。それにしても、レナートの給餌のクセは遺伝だったのね、と私は深く納得したのだった。

「母上はまだ寝ているのか？」

そうたずねたレナートに、ライモンドが軽く首を傾《かし》げる。

「ええ、多分。先ほど王妃様の侍女が庭で休憩していましたから。殿下も殿下ですが、王妃様です。マリーア様のことになると見境がない。よく似てらっしゃいますね」

「私も同じことを考えていたわ！」

驚いた私が思わずそう声を上げると、レナートがきょとんとした。ふふふ、と声を上げて笑ったライモンドがちらりとこちらを向く。

「王妃様付きの者たちも苦労しているようですよ。午前中はほとんど公務を入れられなくなってしまったと聞いています」

心当たりのある私は肩をすくめた。

王妃様は、私が参加している騎士団の朝練をほぼ毎日のように見学に来ている。そのせいで部屋に戻った後は二度寝してしまうのだそうだ。別に私が呼び出しているわけではないのだが、王妃様に日傘を差して寄り添っている侍女たちの眠そうな顔を思い出すと申し訳なくなる。

「まさか今朝もいらっしゃるとは思わなかったわ。昨日は一日中、結婚式と披露宴が続いてお疲れだったでしょうに」

私がそう言うと、書類に目を通していたレナートが視線を上げニコリと笑った。

「疲れていたのはミミだって同じだろう」

「私は全然平気よ。もう一回参列できるくらい元気だもの」

両腕をぶんぶんと振る私を見て、レナートは優しく目を細めた。

「あの様子だと母上はミミに飽きることはなさそうだな。それに、今は特別な朝練中なのだろう？　どんなに疲れていても休むわけにはいかなかったのだろう」

「だからと言って、特別練習はあとひと月は続くというのに」

「たったひと月、だよ、ミミ。母上はあなただけじゃなく、テオのことも気に入っているようだからね」

「そうね！　だって、テオの可愛さは無限だもの！」

飛び跳ねてそうこたえた私に、レナートとライモンドがそろって頷いた。

テオとは、私の弟テオドリーコのことだ。四歳になったテオドリーコは、アイーダの結婚式に参列するため、ここルビーニ王国に滞在している。

遡ること一週間。

雲ひとつない快晴の下、ムーロ王国王太子一行がなごやかにやってきた。前後を騎士に守られた先頭の馬車には、王太子バルトロメイと王太子妃ニーナが乗っている。ちなみにニーナは私の二番目の姉だ。

馬車が王城に近付いてきたことを聞いた私たちは、外に出てその到着を待っていた。

「……」

「…………」

「……なかなか来ませんね……」

視界にはすでに入っているのになかなかやって来ない馬車に、せっかちなライモンドがつぶやく。

バルトロメイの馬車は、本人の性格と同じように非常にのんびりとしているのだ。

私の隣にはレナートとライモンドが並んでいる。すぐにアイーダとプラチドもやってきた。公務があり遅れるかもしれない、と言っていた国王陛下と王妃様も余裕で間に合った。大臣やたまたま王城にいた貴族たち、そして使用人たちまでもが加わり、お出迎えは予想外の大人数となってしまった。

カタカタと音を立てて王城の門をくぐり次々と馬車が入ってくる。そのうちの二台目の馬車の窓が開いたかと思ったら、丸い頬をテカらせたテオドリーコが顔を覗《のぞ》かせた。

「ねーさまぁ――――！」

テオドリーコはそう叫ぶと、そのままゴロンと窓から転がり落ちた。出迎えの人々から悲鳴が上がる。しかし、テオドリーコは難なく地面に着地すると、馬車の馬と並んで走り出した。

「ねーさまぁ――――！」

そう、もう一度叫び、テオドリーコは助走をつけて高くジャンプした。

私は両手を大きく広げて駆け出す。

「テオー！　待ちくたびれたわよー！」

姉と弟の感動の再会……と見せかけて、テオドリーコは空中でくるりと体勢を変えた。

「や――！」

猛烈な飛び蹴りを放ってきたテオドリーコを叩き落とすように、私は片手でペシッと払った。テオドリーコは「うわー」と悲鳴を上げゴロゴロと地面を転がっていき、あわてて追いかけてきたムーロ王国の騎士に抱き上げられた。

「まだまだね、テオ。そんな蹴りで私を倒せるとでも思ったの」

「えへへ、やっぱり高さが足りなかったかなぁ」

何事もなかったかのように笑うテオドリーコを騎士から受け取った。

「元気そうで安心したわ、テオ」

「ミミ姉さま、会いたかったぁ」

頬を擦り寄せて再会を喜びあった後、振り返るとレナートたちがそろって驚いた表情をしていた。

「……ようこそ、テオドリーコ。怪我はないか？」

「はい！　レナート様！」

レナートに元気よく返事をしたテオドリーコは、私の腕から飛び出した。そして、すぐにタタッと地面を強く踏んで、レナートの胸に飛び込む。

「テオドリーコ様、ご無沙汰しております」

礼儀正しくライモンドが頭を下げた。レナートにぎゅっと抱き着いたまま、テオドリーコは手を伸ばしてライモンドの頭を撫でる。

「ライモンド様、いつもおてがみありがとう」

とてもお礼を言っている態度ではなかったが、ライモンドは嬉しそうにテオドリーコの頬をぷにぷにと摘まんでいた。

到着したばかりの二台の馬車のドアがバタン！　と同時に開いたかと思うと、ドレス姿のまま二人の女性がこちらへ向かって駆けだして来た。一人は王太子妃ニーナ、もう一人は私の三番目の姉サンドラだ。ヒールを履いているとは思えないスピードで私たちの前に躍り出た二人は、深く、深ーく頭を下げた。

「「弟が大変失礼しましたー！」」

ドレス姿ながらも、びしっと背筋を伸ばして二人は謝罪した。

「いや、想定内だ。気にすることはないぞ」

陛下が朗らかに笑い、その隣で王妃様が目を輝かせて何度も頷いている。

「テオ！　ちゃんとご挨拶はしたの？」

サンドラに叱られ、レナートにしがみついていたテオドリーコはばつが悪そうに顔をしかめた後、ぴょんと地面に飛び降りた。そのまま数歩後ろに下がると、地面に片膝をつき胸に手をあてた。

「初めまして！　アンノヴァアッツィこーしゃく家、長男のテオドリーコです！　四歳です！　このたびは、ルビーニ王国きしだんとのごーどー練習にさんかする、弟子いちどうのリーダーとしてまいりました。元気いっぱい、がんばります！」

一生懸命覚えてきた挨拶を無事に言い終えたテオドリーコに、たくさんの拍手が送られた。

「まああ。リーダーなのね、テオドリーコちゃん。かっこいいわ、さすがだわ。わたくし毎朝応援に行きますわね！」

王妃様に褒《ほ》められたテオドリーコは誇らしげに胸を張っている。姉たちと私以外は皆、ほほ笑ましくその姿を眺めていた。なごやかな空気の中、ゆっくりと、そして、のんびりと歩いて来ていたバルトロメイがやっとニーナの隣まで追いついた。

「陛下、ご無沙汰しております。この度は第二王子殿下の結婚式にご招待いただきありがとうございます。父の名代で参りました。こんなにたくさんの方にお出迎えいただき大変恐縮です」

「うむ、ようこそ我が王国へ。何事もなく無事到着して安心した。疲れたであろう、ゆっくりと休むが良い」

「ありがとうございます。アンノヴァッツィ家が護衛してくれてますので何の心配もございません。そうそう、アンノヴァッツィ公爵から陛下にお土産を託されておりますので、後でお渡ししますね。レナート殿下とマリーア嬢の結婚式でお会いできるのを楽しみにしていると申しておりました」

「そうか。私も楽しみにしているんだ」

「わたくしも大っっ変楽しみにしておりますわ」

陛下とバルトロメイの会話に割り込んだ王妃様は、そのままニーナとサンドラの手を取った。さすがは王太子妃、ニーナは驚きつつも笑顔を崩すことはなかったが、サンドラはびくっと肩を大きく揺らした後、戸惑っていた。

「さあさあ、立ち話もなんですから、ゆっくりとお茶でも飲みましょうね。わたくし、お二人とはたくさんお話したいことがありましてよ」

王妃様はそう言い、強引に二人を連れてさっさと王城へ入って行ってしまった。保護者の姉たちがいなくなってしまったにもかかわらず、テオドリーコは臆する様子もなく、わくわくといった表情で周りを見回している。

「テオ、ごきげんよう。久しぶりね。私のことを覚えているかしら」

「アイーダちゃん！」

一連の流れを後ろの方で控えめに眺めていたアイーダがやってきて声をかけた。赤ん坊の頃から遊んでもらっているテオドリーコはもちろんアイーダのことも大好きだ。

「アイーダちゃん、けっこんおめでとうございます！」

「まあ、ありがとう。テオにお祝いしてもらえるだなんて嬉しいわ」

屈んでテオドリーコの頭を撫でていたアイーダが、ちらりとプラチドを見上げてほほ笑む。

「テオ、こちらが第二王子のプラチド殿下よ。私の旦那様になる方なの」

「よろしく、テオドリーコ君」

アイーダと同じように屈んだプラチドは、朗らかな王子様らしい笑みを浮かべて挨拶をした。しかし、テオドリーコはポカンとした表情のまま首を傾げた。

「だいにおうじ？」

私はテオドリーコの隣にしゃがみこみ、彼の肩に手を置いてゆっくりと話した。

「ムーロ王国にも、バルトロメイ殿下の弟の王子様がいるでしょう。プラチド殿下は、レナート殿下の弟の王子様なのよ」

「レナート様の弟なの!?」

「そうだよ」

しゃがんでテオドリーコと同じ目線になったプラチドがそうこたえると、テオドリーコがぱあっと満面に笑みを浮かべた。

「そっかあ。レナート様の弟なら、僕の弟だね！　よろしく、プラチド！」

「え!?　あ、あれ？　義理の姉の弟は、えっと、義兄……になるの、かな、え？」

テオドリーコの発言に、周りにいた全員がぎょっとした。さすがにプラチドも戸惑って、口の端がひきつっている。

「テ、テオ！　何てこと言うの！　プラチド殿下、でしょ！」

私にがくがくと肩を揺さぶられるテオドリーコは、まだ意味が分からないようできょとんとしている。すると、私とテオドリーコの顔にサッと影が差し、見上げるとそこにはレナートが立っていた。笑いをこらえるように口元を手で隠したレナートは、優しくテオドリーコにほほ笑んだ後、きりっとした表情に戻りプラチドの方を向いた。

「よいではないか、プラチド」

眉尻を下げて複雑そうな表情をしたプラチドがレナートを見上げる。

「で、でも、僕が四歳の子の弟ってのは、いろいろと問題が」

「よいではないか」ともう一度繰り返したレナートが、テオドリーコの頭をそっと撫でた。

「テオの弟になれることなど、そうめったにないぞ。もしかしたら、来年にはもう弟とは呼んでくれないかもしれない」

「来年、……五歳か……まあ、そうですね」

目を眇《すが》め頬を指で掻いたプラチドがニコリと笑う。

「ええと、テ、……テオ兄上。改めまして、よろしくお願いします」

しゃがんだままペコリと頭を下げたプラチドに、テオドリーコが満足そうに頷いた。

「うん。お兄さまが守ってあげるからね、プラチド」

誇らしげにドンと自分の胸を叩いたテオドリーコの無邪気さに、周りからなごやかなため息が漏れ聞こえた。しかし、私はそれどころではない。まだ小さいとはいえ、弟が大国の王子様に失礼を働いているのだ。

「ちょっと、テオ！　そうはならないでしょ、ちゃんとプラチド殿下って呼びなさい」

「いいんだよ、ミミちゃん。このままにしておこう」

「何言ってるんですか！　もう、ライモンド様からも言ってやってください」

レナートの後ろに隠れるように立っていたライモンドが、ひょこっとその陰から顔を出した。

「両殿下がいいって言ってるなら仕方がないですねぇ」

「面白がってるでしょー！」

なぜかテオドリーコに懐かれているライモンドは、すっかり骨抜きにされてしまっている。眼鏡の奥の瞳がめずらしく爛々《らんらん》としていた。

「ああ、弟ができるのを楽しみにしていたんだけどな……」

私とライモンドの言いあう声に、プラチドのつぶやきはかき消された。


私はプラチドの執務室のドアをノックした。中から返事がして、プラチドの側近の青年がドアから顔を覗かせる。

「ごきげんよう、プラチド殿下はいるかしら」

そう言うと、側近はちらりと私と手をつないだテオドリーコを見下ろし、きゅっと顔をしかめた。

ああ、これは断れないぞ。そんな表情だ。

「どうぞ、マリーア様。テオドリーコ様」

部屋に通されると、一番奥の机に向かっていたプラチドが目を丸くしてこちらを見ている。持っていた羽根ペンを置くと、ニコリとほほ笑んだ。

「あれ、どうしたの？　めずらしいね。僕に用事？」

「仕事中にごめんなさい。テオがどうしてもプラチド殿下に会いたいって言って聞かなくて」

「わあ、嬉しいなあ。テオ兄上、どうしましたか？」

優しく声をかけられたテオドリーコは、私とつないでいた手を離して一目散に駆け出した。そして、もう片方の手に持っていたぬいぐるみをプラチドの執務机の端に置く。青みがかった灰色の象が小さな鈴のついたリボンを首につけていた。

「ん？　象のぬいぐるみ、かな？　見せてくれるの？　ありがとう」

「パオリーノ！　はいちにつけ！」

足を肩幅に開いたテオドリーコが背中で手を組み、声を張り上げた。その勇ましい掛け声に、プラチドがぬいぐるみに伸ばしかけていた手を止めた。きりりと眉を上げたテオドリーコが象のパオリーノをまっすぐに睨みつけ、再び声を上げる。

「おまえは今からわが弟プラチドのごえいにんめいする！　ここでおしごとちゅうのプラチドのはいごを守れ！　わかったか、パオリーノ！」

「…………」

室内にいる全員が目を見開いて固まっていた。

どうしよう、この空気。

そう思った瞬間、静かに控えていた側近がとっさに口を開いた。

「……了解シマシタ！」

「ぶはっ！」

普段は真面目な側近の裏声にプラチドが思わず噴き出す。余計な無駄口を叩くことのない無味乾燥な人物だと思っていたけれど、意外と彼はノリが良いのかもしれない。テオドリーコは返事をしたパオリーノに満足そうにほほ笑んだ。

「あはは、ええと、この子はパオリーノっていうのかな。僕を守ってくれるの？」

笑いすぎて涙をぬぐうプラチドにそう尋ねられ、テオドリーコは眉をきりりと上げたまま頷く。

「うん。僕がいないあいだは、パオリーノにプラチドを守ってもらうことにしたよ。これであんしんしておしごとできるでしょ」

「ふふ、ありがとう。テオ兄上」

「いいの？　プラチド殿下にパオリーノあげちゃって」

私の声に振り向いたテオドリーコは少し首を傾げて考えた後、にっこり笑って頷いた。

ふわりと良い香りがして振り向けば、いつの間にか側近が紅茶を淹れてくれていた。ソファに座ったテオドリーコの前にはオレンジジュースが置かれる。両手でしっかりとグラスを持ち、ぐびぐびとジュースを飲むテオドリーコには一切遠慮する様子はない。この数日ですっかり王城にも慣れ、陛下や王妃様をはじめ、使用人の皆にも可愛がられている。私と一緒に騎士団の朝練にも参加しているので、テオドリーコのことを知らない人なんていないくらいだ。

ハンカチでテオドリーコの口の周りを拭い、私は大きくため息をついた。

「あーあ、こんなに可愛いのに、将来はお父さんみたいになっちゃうなんてがっかりだわ」

「また心の声が漏れているよ、ミミちゃん」

そう笑いながら、プラチドが私の向かいのソファに腰掛けた。

「今のはちゃんと言葉にしたんです、残念すぎて」

そう言って私が足をばたつかせると、プラチドが笑う。足を組んで座る姿は、やはり王子様らしくとても優雅だ。

「テオは公爵似なの？」

「そうなのよ。お父さんの子供の頃の絵姿に瓜二つ。テオも大きくなったら、お父さんみたいにごつくて厳つい強面になっちゃうのよ、きっと。このまま成長してくれればいいのに」

私の話に苦笑いしたプラチドが、じっとテオドリーコを見つめた後に柔らかく目を細める。

「じゃあ、ミミちゃんも父親似なんだね。ミミちゃんの小さい頃はテオにそっくりって聞いたよ」

「えっ、誰から」

「ニーナ妃」

「うっ、姉さんったら、昔の私の話をペラペラと……って、待って。と、いうことは、まさか私も大きくなったらお父さんみたいになっちゃうってこと!?」

「ミミちゃんはもう十分大きくなってるから、これ以上は変わらないと思うよ」

「そっか。そうよね」

えへへ、と私が笑うと、プラチドが耐えきれないとばかりに笑い始めた。あはは、小さい頃のミミちゃんも面白かったんだろうな、とか何とかモゴモゴ言っているが全部聞こえている。私がムッとすると、プラチドがあわてて顔を上げた。

「母上がミミちゃんのお姉ちゃんズにべったりだとも聞いているよ。おかげで警備が楽だって」

「そりゃあ、結婚して引退したとはいえ、あの二人も十分に戦えるからね」

「パオリーノもたたかえるよ。パオリーノはつよいんだよ」

私とプラチドの会話に割って入ったテオドリーコが、机の上にいるパオリーノを指さす。テオドリーコと目が合ってしまった側近が「そうですね。とても強そうです」と戸惑いつつも相槌を打ち、私とプラチドは同時に声を上げて笑った。


結婚式後、バルトロメイ御一行はムーロ王国へ帰って行ったが、我が家の弟子たちの一部はここルビーニ王国の王城に残っていた。あとひと月ほど騎士団との合同練習を行う予定なのだ。姉二人は帰ってしまったが、弟子一同のリーダーであるテオドリーコは残って相変わらず練習に参加している。常に王城の誰かが面倒を見てくれているので、私はいつも通りの日常を過ごしていた。

「ごきげんよう、遊びに来たわ」

ノックの返事も待たずにレナートの執務室の扉を開けると、レナートを真ん中にしてライモンドとガブリエーレが難しい顔をして立っていた。

「いらっしゃい、ミミ。入っておいで」

レナートにそう言われ、素直に部屋に足を踏み入れる。他に護衛の騎士も侍女もおらず、部屋には三人だけのようだ。

「何してるんですか？」

よく見ると、レナートはカーテンのような長い布をマントのように肩にかけていた。ガブリエーレがその布の裾を持ち上げ首をひねっている。ライモンドが一歩後ろに下がり、上から下までレナートの姿を眺めた後、同じように首をひねる。

「私たちの結婚式の練習をしているんだ」

レナートの口からさらりと結婚式という言葉が出てきて、私はドキッとした。先日のアイーダの結婚式は今でも記憶に新しい。次は私の番かと思うと落ち着かない。私もさっきまで、式に招待した外国の要人たちの名前を必死で暗記していたところだったのだ。姉たちからも、準備は早めに始めた方がいいと言われていた。半年なんてあっという間なのだから、と。

「じゃあ、それはやっぱりマントの代わりなのね」

「……ああ」

浮かない返事をしたレナートに代わり、ライモンドが口を開いた。

「レナート殿下は王太子なので、プラチド殿下よりも長めのマントを羽織ります」

「そうなのね」

「ええ。ですから……その……」

「その？」

歯切れの悪くなるライモンド。レナートを見ると、少しだけふてくされた顔をしている。それを見たガブリエーレが代わりにこたえた。

「どんくさいレナートがマントを踏んで転ばないように練習してるんだよ。こいつならやりかねないだろ」

「どんくさい、とか、そんな大きな声で言わないでくださいよ、ガブさん。それは殿下のトップシークレットなんですから」

両隣の側近たちをじろりと睨んだレナートがぐいっと肩にかけた布を引っ張った。ガブリエーレの手を離れた布はレナートの足首くらいまでの長さがあった。確かにこれは足にまとわりつきそうだ。

「こうして練習しているから大丈夫だ」

「確かに殿下は本番に強いのでそれは心配していないのですが……困ったことに、練習の時点であまりうまくいってないのですよ」

困り顔で眼鏡を上げたライモンドが私を見やった。私も一緒になって、ううん、と頭をひねる。

いっそのこと、花嫁のベールのように子供にマントを持たせたらどうかしら。だったらベールボーイかベールガールが必要ね。王城にいる可愛い子供と言えば、テオ……？

「テオドリーコ様は確かに可愛らしいですが、そもそも新郎側にベールボーイを付けるなんて聞いたことがありません。それに、国王になった際にはもっと重くて厚いマントを着けます。今から練習しておくに越したことはありません」

「あら、私ったらまた全部しゃべっちゃってたのね」

「非常に残念ですが、全て聞こえました」

あからさまにライモンドにため息をつかれ、私は肩をすくめた。

「やっぱり歩く速度を速めるっていうのが一番いいんじゃねえか？」

ガブリエーレがそう言うと、レナートがあごに手をあてて考え込んだ。

「それは確かなのだが、そうなるとミミも一緒に早歩きしなければならないだろう」

「私は平気ですよ。ドレスでだって走れますから」

「では、一緒に練習してみようか」

二人並んで歩くとなると執務室では狭いので、私たちはぞろぞろと廊下に出た。扉の脇に立っていた護衛の騎士が道を空け、私とレナートが並ぶ。

「じゃ、さっそく。位置について、よーい、ドン！」

「ちょっと、ちょっと、ストーップ！」

駆け出そうとした私の前にあわててライモンドが飛び出して来た。

「よーいドン、じゃないですよ。競歩でも始めるつもりですか。あくまでも、並んで歩くのが目的ですからね」

「そうね。つい、うっかり」

「うっかりじゃないですよ。不安でしかないです」

苦々しい顔をしたライモンドが後ろに下がる。ガブリエーレは手で口元を隠してこちらを睨んでいるが、あれは絶対笑いをこらえている表情だ。私は気を取り直してレナートを見上げた。

「行くわよ、レナート！」

「承知した」

私とレナートは腕を振り上げ大きく一歩踏み出した。ふわりと舞ったマントが落ちてくる前にすばやく前に進む。二人並んでずんずんと廊下を歩き、その後ろになぜかライモンドとガブリエーレも付いてくる。

ずんずんずんずん、ドタドタドタドタ……。

途中の部屋の扉から出てきた文官の青年が、私たち一行を見てぎょっとしてすぐに部屋に引っ込んだ。

ずんずんずんずん、ドタドタドタドタ……。

廊下に響き渡るけたたましい足音に、階段を上って来たメイドが驚いて目を丸くしている。

「ちょ、ちょっと待ってください！」戸惑う護衛騎士たちに見守られながら廊下を三往復したところで、息を切らしたライモンドが声を上げた。

「はぁ、はぁ、こんな大手を振って早足で歩いていく新郎新婦が、どこにいるんですか！　この案は、はぁ、却下です！」

確かにこんなスピードで教会内を闊歩したら参列者たちは驚くだろう。ちなみに、ライモンド以外は息を切らしてはいない。

腕を組んだガブリエーレが目を眇め、口を開いた。

「じゃあ、どうしたらいいんだよ」

「はぁ、この案に違和感のないガブさんがおそろしいです」

膝に手を置いて必死に息を整えるライモンドがしみじみとそう言った。

ううむ、と私は顎に手を置いて考えた。

こういったマントをつけて歩くのはレナートだけじゃないわ。じゃあ、どうして他の人は転ばないのかしら。

「ええと……例えばアイーダはどんなドレスを着ていてもきれいに歩いているけれど……スカートとは違うわよね。ええと、マントやローブを着ている人……。あっ、バルトロメイ殿下」

そういえば、ムーロ王国の王太子であるバルトロメイも式典の時などは王族専用のマントを羽織っていた。おっとりとした彼は早足でスタスタ歩くことなんてほとんどないけれど、歩きにくそうにしていた様子はない。私は式典でのバルトロメイの姿を思い浮かべた。

「そういえば、バルトロメイ殿下は歩きながらたまにマントをさっと手で払ってたわ」

私の言葉に、レナートをはじめ三人が目を見開いた。

「確かにそうだな」

レナートが驚愕の表情を浮かべる。ライモンドとガブリエーレも大きく頷いた。

「どうしてそんな当たり前のことが思いつかなかったのでしょう」

「歩きながらマントをさばくなんて、そんな器用なことレナートにできるのか」

「私だって、それくらいできる」

ガブリエーレの言葉にムッとしたレナートが、マントを一、二回手で払って感触を確かめた後、ゆっくりと歩き出した。私たちは固唾を呑んでその姿勢の良い後ろ姿を見守った。

私たちの不安をよそに、周りを圧倒させる風格を漂わせ、レナートは上手にマントをさばいて歩いて行く。大きな窓から差す陽光に照らされ堂々と歩く王太子の姿に、立ち並んでいた騎士たちも思わず口を開けたまま見惚れている。

ああ、レナートは今どんな表情をしているのかしら。私も見たい！

そう思った時、レナートがくるりと体の向きを変えこちらを振り返った。

肩に流された美しい金髪が揺れ、マントが大きく宙に翻る。口元に美麗な笑みを湛《たた》えたレナートが左手を軽くこちらに伸ばした。

「どうだ、うまくできただろう」

「「きゃ〜〜〜〜〜！」」

私とライモンドが寄り添って歓声を上げた。その声にガブリエーレが耳をふさぐ。

レナートはやはりただの王子様じゃなかった。完璧で世界一の王子様だ。私は目を見開いて、その華々しい姿を目に焼き付けた。

「……コホン、失礼いたしました。殿下、さすがです。完璧でした。本番でもそのようにお願いいたします」

すぐにいつもの冷静な表情に戻ったライモンドがレナートをねぎらった。何度か廊下を往復してマントをさばく練習をしたレナートは、満足したように一つ頷いた。

「うむ、コツはだいたい摑んだ。これで心置きなく式を迎えられるだろう」

レナートの言葉に、ライモンドとガブリエーレの二人が私を振り返る。

「あとは、マリーア様次第ですね」

「あら、どういう意味？」

こめかみを押さえたライモンドを私が睨むと、ガブリエーレが呆れた顔をした。

「まずはじめに、お前とお前の父親が並んで入場してくるんだろ。あの弟を含め、アンノヴァッツィ家が勢揃いするんだ。何も起こらないとは思えない」

「そんなこと……」

……ない、と思……いたい。家族の顔を思い浮かべた私は、言葉を続けることができなかったのであった。

抜けるような快晴の空の下、きれいに整備された街道を豪華かつ頑丈な馬車が猛スピードで走っている。長い山道を抜けると、ちらほらと民家が見えてきた。

私は馬車の窓から身を乗り出して深呼吸をした。

「わあー。見て、レナート。あの建物のレンガ、初めて見る色だわ」

そう叫んだ後、私は騎馬で馬車に併走するガブリエーレに頭を鷲掴みにされた。そして、そのまぐっと馬車の中に押し戻される。いつもの光景だ。

「危ねえだろうが！　ひっこんでろ！」

ガブリエーレがそう叫び、少しずつ馬車から離れていった。ひっくり返りそうになった私をしっかりと受け止めてくれたレナートが笑う。

「やはり国境を越えると景色がずいぶんと変わるものだな。あのレンガはこの国では昔から使われているものだよ。かなり強い火力で一気に短時間で焼くのであんな色になるんだ」

「へぇ～、そうなんだあ。で、レナートもう大丈夫よ。手を放して」

「ミミ、見てごらん。あの建物の窓も、この国独自の製法で作られた色つきのガラスを使っているんだ」

「へ、へぇ～。あの、レナート」

どんなにもがいても外れないレナートの腕を何度も叩いて私は訴えた。向かいの席に座るライモンドは、もはや何も言わない。レナートと一緒に窓の外を眺めている。

「こうしていれば、急に揺れても安全だし、窓から身を乗り出して怒られることもない。ミミは初動が速い。それならば最初から捕まえておけばよい、と気付いたんだ」

そんなことに気付く前からいつもこうじゃない。そう思ったけれど、いつになく上機嫌のレナートに私はおとなしく口を閉じた。

私たちは現在、たくさんの護衛を引き連れて、隣国ハーララ国へ向かっている。ハーララ国王の即位三十周年記念式典に招かれているのだ。

次期ルビーニ王国の王となる王太子のレナートが陛下の名代《みょうだい》として向かうことになったため、今は結婚式を終えたばかりのプラチドが王太子の代理として執務をしている。慣例通りであれば今頃新婚旅行でのんびりしているはずであるが、快く了承してくれたのだ。アイーダもテオドリーコの相手をしながら、プラチドの補佐をして過ごしている。

何度も馬を交代して最速で向かっているけれど、それでも片道一週間の距離だ。騎士たちや私は当然ながら、意外と体力のあるレナートに疲れは見えない。ライモンドただ一人がぐったりとしていた。この旅行のためにレナートの仕事を調整し、休みなく走り回っていた彼はさすがに疲れが溜まっていたようだ。昨日あたりから口数が少ない。

「ライモンド、寝ていてもよいのだぞ」

「いえ、めっそうもない」

レナートの言葉にすぐさま居ずまいを正したライモンドが返事をする。私はレナートの膝の上から体をひねるようにして振り向いた。

「無事国境も越えたことだし、レナートの相手なら私がするから大丈夫よ。ハーララ国の王都に着いたら、さっきみたいに偉い人がたくさん来るんでしょう。今のうちに休んでおいた方がいいと思うわ」

レナートと私に促され、ライモンドは、ううん、とうなり、大きく首を傾げて悩んだ後、目を伏せて息を吐いた。

「……申し訳ありません。では、お言葉に甘えて休ませていただきます……」

ライモンドはそう言うと、外した眼鏡を胸ポケットに入れて壁に寄りかかって眠ってしまった。顔色も良くないので馬車に酔っているのかもしれない。ちょっといたずらしちゃおうか、なんて思っていたけれど、私はおとなしく手を引っ込めた。

先ほど越えた国境の関所では、ハーララ国の辺境伯が私たちの到着を待っていてくれた。わざわざ私たちを接待するために近くの店を借り切ったという辺境伯の申し出を断るわけにもいかず、そのまま通過するはずだった関所で休憩を取ることにした。

レナートは辺境伯とハーララ国のことについていろいろと話していた。一方、私とライモンドのもとには次から次へと人がやって来て、宝石や民族衣装、お土産品から果てはなぜかパーティーグッズまでおすすめされた。ぴーひょろろろ、と奇妙な音の鳴る笛は使い道が全く分からないけれど、私の遊び心を妙にくすぐった。それは半ば押売りに近いものもあって、彼らの上手な口上に丸め込まれた私がついつい買ってしまいそうになるのを、ライモンドが間髪を容れず断ってくれていたのだ。

　そんなわけで道中、全く休憩の取れなかったライモンドを起こすのは忍びないので、私とレナートは小声で話し始めた。

「先ほどの接待の時に分かったと思うが、この国は商売に非常に力を入れているのだ。海に広く面していることもあり、大きな港を作って他国の商品や技術をどんどん取り入れている。人々も明るくて物怖じしない、そういった国民性がある。ミミは見るからに他国の貴族令嬢といったところだから、きっとたくさんの商人が集まるだろう。けして一人になってはいけないよ」

　見るからに貴族令嬢、と言われ、私は嬉しくて何度も頷いた。

　まめに日焼け止めを塗り、お風呂上がりにロザリア特製の美容クリームを全身に塗り込んだ甲斐があった。ボサボサだった髪も最近はしっとりとつやが出てきたような気もする。アイーダに似ているのは後ろ姿だけ、だなんてもう言わせないわ。

　そんなことを考えていたので、私の耳は「一人になってはいけない」の部分を右から左へまるっと聞き流してしまっていた。後に、これをとても後悔することになるだなんて、この時はこれっぽっちも思ってはいなかった。

活気のあふれる街道、ひしめき合う人々、飛び交う呼び込みの声。ハーララ国の王都はとても賑やかで、その生き生きとした様子を私はとても気に入った。

予定よりも少しだけ早く到着することができたので、私たちは王都の繁華街を見学することにしたのだ。レナートは王族らしい豪華な旅装をしているし、真っ赤な制服を身にまとった護衛の近衛騎士たちが周りを囲んでいる。私たちは明らかにこの庶民的な街並みから浮いていた。すれ違う人々はこちらを二度見しているし、店先に立つ店員は声をかける隙を狙っている。

「陽気な名前の国らしく、皆元気いっぱいね！」

私がそう言った途端、シャカシャカと調子の良いリズムが聞こえ、楽器を抱えた三人組が近付いて来た。端の一人は大きなギター、もう一人は首から下げた小型の太鼓。そして真ん中の一人が笑顔でマラカスを振りながら外国語の歌を歌っている。つられて踊りそうになった私の腕をガブリエーレがぐいっと引っ張り、そのまま後ろに下がらされた。見れば、三人組の後ろから子供が出てきて、抱えていたマラカスを販売し始めた。黄色や緑のマラカスには真っ赤なラインで様々な絵が描かれている。絵柄はそれぞれ違うので、好きなものを一つずつ選べるようになっているようだ。子供の手にも持ちやすい小さめなサイズは、鞄の隙間に入れるにはちょうどいい。彼らを遠巻きにして見ていた観光客たちが、お土産にとそれを買ってゆく。

「なあんだ、てっきり私たちを歓迎して歌ってくれているのだと思ったわ」

私がそう言うと、レナートがくすりと笑った。

「観光客を見つけたらああして近付いて来るようだな。歌詞の内容は、戦争によって国を失くした民の悲しみを歌ったもののようだ」

「ええっ？　そんな重い歌詞を笑顔で歌っていたの？」

「ふふ、あの歌詞はもう使われていない古い言語だから、誰も分からないと思っているのだろう。まったく、商魂たくましいことだ。見てごらん、周りの人々も意味も知らずに楽しんでいる」

レナートは呆れながらも上機嫌そうに笑っている。先ほどの三人組の周りには、さらに人が増えていた。一緒になって楽しそうに踊っている人たちもいて、とてもそんな悲しい歌を歌っているとは思えなかった。

「さすがレナート。皆の知らない言語まで勉強しているのね」

「王太子教育に組み込まれていたんだ。とはいえ、何となく聞き取れるだけで話すことはできないよ。ライモンドはできるようだが」

「まあ、片言ではありますが……殿下の補佐ですので、一応」

突然話を振られたライモンドがあわてて返事をした。馬車を降りてからしばらく経つが、まだ少し顔色が悪い。

「ライモンド様、まだあまり本調子ではなさそうですね」

私がそう声をかけると、並んで歩いていたガブリエーレがライモンドの肩にそっと手を置いた。

「ライモンドは俺たちよりも年上だからな、老化の進みが早いのは仕方がない。腹も減ったことだし、さっさと店に入って休もうぜ」

「私はそこまで年上ではありませんよ！　……とはいえ、ちょっと人が多すぎます。殿下に何かあってはいけません。少し早いですが、予約してあるホテルへ向かいましょう。ガブさん、馬車まで先導してください」

「おう、ついてこい」

　近衛の赤い制服に身を包み、燃えるような赤髪で見るからに気の強そうなガブリエーレが大股で歩き出すと、歩道にたむろしていた人々の波がさっと割れた。そのすぐ後ろにレナートと私が続き、最後にライモンドがひょこひょことついてくる。

　しばらく歩いて行くとマラカス売りの三人組の歌声が遠くなり、人通りが少なくなった。でこぼこしていてやたらとヒールのひっかかった歩道がきれいな舗装にかわり、建ち並ぶ店の雰囲気も落ち着きがあり高級感のあるものになった。どうやらこの辺りは貴族向けの店が多いようだ。店の前の道路には大きな馬車が並び、そのうちの一台から、ドレス姿の令嬢が御者の手を借りて上品に降りてきた。

　広い通りの木陰に隠れるようにして私たちの馬車が停まっていた。しかし、大きな馬車なので隠れきれていない。その近くを騎士がうろうろしているので、ひと際目立っている。見知った騎士が馬車の前に立っていたので、私はぶんぶんと大きく手を振った。それに気付いた騎士も、同じように大きく手を振り返してくれる。

「おや、彼と仲が良いのかい？　ミミ」

「騎士たちは毎朝一緒に練習をしているし、彼はムーロ王国の我が家に短期留学にも来てくれたのよ。なかなか筋が良いって聞いているわ」

「なるほど」

レナートが感心したように頷いた。

今でも王城の騎士たちのムーロ王国への留学は続いている。その代わりに、ムーロ王国の我が家の弟子たちのうち数人がルビーニ王国の騎士団に就職した。大国ルビーニ王国への就職は、ムーロ王国民にとっては憧れ中の憧れなのだ。

先ほど手を振ってくれた騎士が、私たちの到着を待って馬車のドアを開ける。馬車に乗るために差し出されたレナートの手を握った瞬間、私は視線を感じて振り返った。

「ミミ？　どうした」

「誰かに見られているような気がしたわ」

殺意のようなものはなかった。でも、複数の視線を感じたのは確かだ。

「でも、これだけ目立つんだもの。こんなに素敵なレナートがいるんだもの、そりゃあ皆見るわよねえ」

私はぴょん、と馬車に飛び乗った。苦笑いしながら後に続いたレナートが私の隣に腰掛ける。最後にゆっくりと乗り込んで来たライモンドが席に着いた途端、外で指示を出すガブリエーレの声が聞こえて馬車が動き出した。

　翌日、またしても私たちは王都の見学に来ていた。メインストリートに面する店はどこもドアを開けっぱなしで、吸い込まれるように客が入っていく。皆、興味深げに商品を手に取っては店員に話しかけている。

「あれは、値切ってんだよ」

　私が客と店員の様子に見入っているのに気付いたガブリエーレは、そう言った後、腕を組み目を眇めた。

「お前はやるなよ」

「どうして。限りあるお小遣いを無駄なく使って何が悪いの」

「お前がそういうことを言うと……」

「どうしたんだ、ミミ。何か欲しいものがあるなら買ってやろう」

ガブリエーレと私の間に笑顔のレナートが割り込んでくる。

「ほら、お前がそういうことを言うと、王族が店ごと買おうとしてくるんだよ」

「……見てただけなの、本当よ。何もいらないわ」

「そうか？　目につくものがあったなら遠慮なく言うと良い」

裕福な商家の跡取りとその妻、そして側近と護衛という、割とそのままな設定で私たちは街歩きをしている。どんなに質素な服装をしても高貴さを隠すことのできないレナートがいるので、私たちはもう平凡な平民のふりをするのはやめた。王族だと分からなければいい、そんな気持ちだ。シンプルだけれど質の良い服を着ているレナートは、もしかしたら王族かも、くらいまでは煌《きら》びやかさを隠せている。

私はレナートの腕にぎゅうっと抱き着いた。レナートはこんなに品があって美しいのだから、ちょっと目を離した隙に攫《さら》われてしまうかもしれない。今はお忍びの街歩きなので、護衛の数も少なくしている。レナートを絶対に守らなければ。

観光客からこの辺りで働く人まで様々な人々が通りを歩いている。歩道はすれ違うのにもやっとな程の人の多さなので、道路を歩いている人も少なくない。次々と道路を横断する人がいるので、通りすぎる馬車のスピードもとても遅い。

まだ昼前だというのに、この人込み。半端ない威圧感をかもしているガブリエーレのおかげで少しだけ歩きやすくはあるけれど、それでも私たちははぐれないように寄り添って移動した。メインストリートを進み、大きな噴水のある広場へ出る。噴水の周りには、休憩をする人や、地図を見て次の目的地を確認している観光客がいた。先ほどよりはずいぶんと落ち着いた雰囲気に、やっと私は息をついた。

「あら、あれは教会かしら」

　噴水の向こうに見えるのは、古めかしい石造りの建物だった。二階の中央部分にそびえ建つ三角屋根の細長い塔には、青々とした蔦が無数にからまっている。装飾の施された二本の太い柱が色の禿げた大きな扉の横に大仰に立っていた。雨風にさらされ欠けた壁や柱はところどころ変色している。

　カーン、カーン、と鐘の音が鳴り響く。それを合図に、噴水周りにいた人たちがぞろぞろと教会前へ向かって行った。

「ねえ、何か始まるみたいよ。行ってみましょう」

「マリーア様、勝手な行動はおやめください！」

「待て、マリーア！」

　私はレナートの腕をぐいぐいと引っ張って人波について行った。ライモンドとガブリエーレがあわてて追いかけて来ているが、当のレナートは何が起きているのかと興味津々に目を輝かせている。

　教会の入り口横には、色とりどりの花がふんだんに使われたフラワーアーチがあった。アーチのちょうどてっぺんにくっついている小ぶりな鐘からは長いリボンが垂らされている。先ほどの音は、この鐘のものだったようだ。

　アーチの真下には、はにかんだ若い男女が立っていた。

「きゃあ、結婚式よ」

　二人の様子を見た私は、思わず叫んだ。

頭に花冠のついた短いベールを載せた女性は手にブーケを持ち、男性は白い蝶ネクタイをしている。普段着っぽい簡素な服装からして、二人は平民のようだ。そろって頬を赤く染め、時折見つめ合っては嬉しそうに笑顔を見せていた。アーチの横では聖歌隊の制服を着た一人の少年が聖歌を歌っている。

　少年が歌い終わると見物している人たちから盛大な拍手があがり、二人は手をつないでアーチをくぐり抜けた。その先では、歌っていた少年とは別の少年が新郎新婦に記念の色紙を渡している。少年は、新郎新婦からベールと蝶ネクタイを受け取ると、丁寧に箱に仕舞った。そして、すぐさまその傍らに置いてあったチラシを持って配り始めた。

「ハーララ国の思い出にいかがですかー。ブーケはお持ち帰りいただけまーす」

　教会前の観客にチラシを配り終えた少年は、今度は噴水の方へ向かって歩き始めた。向こうの方には平民の観光客が多い。きっと気軽に申し込めるような安い価格設定なのだろう。高位貴族や裕福な人たちは、安っぽい衣装や簡素なイベントに興味を持つことは少ない。私たちは少年たちにとっては対象外の観客のようだ。それでもそわそわとしている私に気が付いたガブリエーレが少年に駆け寄り、チラシを受け取ってきてくれた。私たちはそれを全員で覗きこんだ。

　眉間に深いしわを刻んだライモンドが代表して読み上げる。

「ええと……何々。『たくさんの人たちに祝福されながら二人だけの素敵な結婚式。※模擬結婚式イベントですので、法的な効力はありません』。なるほど、教会のお小遣い稼ぎってところですね」

「さすがハーララ国。教会の空いている時間もしっかり小銭を稼ぐとは」

レナートがそう小声でつぶやいた。興味のなさそうなガブリエーレの手から私はチラシを奪い取った。かかる費用はちょっと高めのランチ二人分くらい。追加料金を払えばウェディングドレスの貸し出しもあるらしい。

「私もやりたいわ！　ねえ、レナート。私たちも申し込みましょう」

「今すぐやろう」

「いけません！」

私の声に即答したレナートをライモンドが止める。

「国をあげて盛大な結婚式を挙げる予定のお前たちが、どうしてこんなちっぽけな結婚式に食いつくんだよ」

今までで一番の呆れ顔を見せたガブリエーレが、私の手からチラシを奪い取るとライモンドに手渡す。流れるようにそれを受け取ったライモンドはそのまま、さっと手元の書類ケースに仕舞いこんでしまった。

「ルビーニ王国の王太子がこんなところで結婚式ごっこしているなんて知られたら大変なことになってしまいます」

「楽しそうなんだもの。いいじゃない。思い出作りなのに」

ぷう、と頬を膨らませた私から目を逸らしたライモンドは、何事もなかったかのように素知らぬ顔で歩き始めた。

「さあさ、時間は有限なんですよ。さくっと散策して帰りましょう、殿下」

ライモンドはそう言って振り向くと、恭しく胸に手をあてて礼をした。ガブリエーレに背中を押され、私とレナートも歩き始める。

楽しそうだったのになあ、と私がつぶやくと、レナートがそっと私に耳打ちした。

「ライモンドは私が何とか説得する。今日は無理だが、帰国するまでに二人で内緒の結婚式を挙げよう」

レナートにそう小声でささやかれ、私は嬉しさのあまりぎゅっと目をつむって何度も頷いた。

結婚式イベントのせいか広場にはどんどんと人が集まり、このままでは遠くに控える護衛たちともはぐれてしまいそうだったので、私たちはその場を離れることにした。まさにお祭り騒ぎの人込みを搔き分け搔き分け、ガブリエーレを先頭に移動する。一向に減ることのない、むしろ増え続ける人波に目を回したライモンドが、事前に予約をしているカフェに向かうことを提案し、私たちは一も二もなく従った。

「予約よりも早い到着だったので、まだ個室が空いていないそうなんです。殿下、店内で少しお待ちいただけますか」

店主と話していたライモンドが戻ってくるなり、レナートに頭を下げた。

「うむ、大事ない。せっかくだからそこのテラス席で休もう。そこなら人込みに流されることなく、街を見ることができるだろう」

ライモンドの頭を上げさせたレナートが優しく言う。カフェの店先は通りに向かってテラスが張り出していて、いくつかのテーブルセットが置いてあった。歩道とテラスの間には仕切り代わりの低い花壇もあるので、歩行者ともある程度の距離が取れる。日陰で風通しも良さそうだ。ここでなら全員そろって一息つくことができそうだ。

席につくと、すぐに店員がやってきた。他国の王族相手とあって、店員は緊張した様子を見せるものの、しっかりと一番高いティーセットを勧めてくる。そのちゃっかりとした態度に苦笑いしつつ、ライモンドがそれを注文した。予約時間になれば、個室に事前に注文済みの豪華なランチが並ぶそうだ。ハーララ国で最近はやっているメニューがメインと聞いて、私は今から期待で胸が躍った。

香り高い紅茶が上品なカップに注がれ、可愛らしいお菓子が次々と運ばれてくる。私はまばゆいピンクのマカロンを手に取り、サクサクと音を立てて食べた。

「ライモンド様、少しだけ顔色が良くなりましたね」

私が顔を覗き込むと、ライモンドが眼鏡を上げてニコリと笑う。

「ええ。昨夜はゆっくりと休ませていただきましたのでもう大丈夫です」

そう言うライモンドは昨日より元気そうだが、まだ本調子ではなさそうだ。今日はこの後、ハーララ国の王城へ向かい、国王陛下と謁見の予定がある。休んだとは言っているものの、ライモンドは遅い時間まで護衛の人たちとの打ち合わせやハーララ国の要人とのやり取りがあったのだ。

「前から思ってたけど、ライモンド様は仕事を抱えすぎだと思うわ」

「これでも他の側近たちに仕事をまわしているんですよ。どうしてもスケジュールが急遽変更になったり、突発的な出来事に対しては、その場で対応しなければなりませんので仕方がないのです。マリーア様が思い付きで行動するのを控えていただければ、もう少し楽になるのですがね」

ライモンドに注意され、私は肩をすくめた。

「式典があるとはいえ、想像以上の賑わいでした。ぶらりと買い物どころではありませんでしたね」

ライモンドはそう言うと、残念です、と最後につけ加えた。

「ライモンド様、買いたいものがあったの？」

私がそうたずねると、ライモンドがちょっとだけ目を見開いて照れ笑いした。

「あ、いえ。たまには妹にお土産でも買ってやろうかと思っていただけで。良いものがあれば、程度に思っていただけですから。気にしないでください」

「へえ、意外と優しいお兄さんなのね」

「妹は領地の家にいてあまり会うこともありませんから。たまには、ね。最近は妹も成長して憎まれ口を叩くようになってきましたので、これくらいの距離がちょうどいいんですよ」

「私はいつでもテオと遊びたいけど」

「お前の弟もあっという間に大きくなって、姉さまより友達と遊んだほうがたのしい、って言い出すぞ」

レナートのそばに控えて立っていたガブリエーレが、片眉を上げて憎まれ口を叩く。

「そ、そんなあ。だったら私もその友達の仲間に入るわ」

「本気で言っていそうで怖いな、お前……」

そう言って顔をしかめたガブリエーレの様子に苦笑いしたレナートが、人々の行き交う通りをゆっくりと眺めた。

「この度の式典には周辺諸国からの要人だけでなく、この国らしく数多くの豪商も招かれている。招待者リストには、あのサバラ商会の若き頭取の名もあった。サバラ商会とつながりを持ちたい商人も集まり、このような賑わいになっているのだろうね」

大粒のマスカットに伸ばしていた手を止め、私はレナートを振り返った。

「サバラ商会って聞いたことがあるわ。遠い南東にあるアッペルグレーン王国の大商会だったかしら」

「そうだ」と小さく頷いたレナートが優雅に足を組み替え、私の方に体の向きを変える。

「アッペルグレーン王国は貴重な宝石の採れる鉱山、そして海底油田を有した非常に裕福な国だ。サバラ商会はその国の最も大きな商家で、その年商はアッペルグレーン王国の国家予算以上だと言われている。長いこと務めていた頭取が最近退き、その長男のニコラス氏に全権が譲られたんだ。ニコラス氏はまだ十八歳だが、とても優秀で、かなり商才のある人物と聞いている」

レナートがそうスラスラと説明し、ライモンドが隣で静かに頷いている。

他国の一商会の噂話が王族にまで伝わってくるだなんて。そのニコラス氏というのはよっぽどの有名人なのね。

「ええ、跡取りは長男のニコラス氏だろうと言われていましたが、まさか十八歳で継ぐことになるとは誰も予想していませんでした」

「ライモンド様、今のは私の心の声ですよ」

「前頭取はまだ五十代で体調不良でもないようですので、ニコラス氏はよっぽど優秀なのだろう、と世界中から注目されているのです」

きりりとした表情でライモンドはそう言い、さっと眼鏡を上げた。私の淑女教育はほとんど終了しているけれど、思ったことをついつい口走ってしまう癖だけはまだ直らない。以前は逐一注意してくれていたライモンドも、もうこの有様である。

「へええ。ライモンド様がそこまで褒めるだなんて、どんな方なのかしら。レナートたちはそのニコラス氏にお会いしたことがあるの？」

私がそう尋ねると、レナートが首を横に振る。

「いや、ない。父親である元頭取は十年程前に王城を訪れたこともあったが、その時は陛下が対応した。アッペルグレーン王国はそうそう来れる距離ではないから、もしかすると私はこの先会うこともないかもしれないな」

「ニコラス氏は金髪に青い目の美しい方だと伺っております。一度、殿下と並んでみてほしいところですね」

　レナートの言葉にライモンドが続く。

　お金持ちで仕事ができる上に見目も良いだなんて。その人はきっと神様にとっても好かれているのね。私は目をつむり腕を組んで、まだ見もしないニコラスとやらを想像した。

「でも、レナートに敵う人なんてこの世にいるわけないわ……って、ああっ！　ちょっと！　ガブリエーレ、それ私が食べようと思ってたのに！」

　少し目を離した隙に、一番大きな粒のマスカットをガブリエーレに奪われてしまった。それほど有難みもない様子でポイポイと口にマスカットを放り込んでいるガブリエーレの腕を私は両手で掴んだ。

「もう！　主《あるじ》の婚約者が食べようとしていたものを奪う護衛がどこにいるのよ！」

「別にまだたくさんあるだろ」

「一番大きいのが食べたかったの！」

「ミミ、マスカットが食べたいのなら、すぐに用意させよう」

「レナート！　そうじゃないの！　やめて」

店員を呼ぼうとしているレナートの腕にしがみついて、私は叫んだ。レナートはきっとこのマスカットがいくらするのかなど知らないのだろう。

「……ねえ、商売上手なニコラス氏にレナートを会わせるのは良くないんじゃないかしら……」

「ええ、私も同じことを考えていました。本当に殿下は普段はとても聡明なのにマリーア様のことになると見境ない。即決で国家予算を使いきりかねませんね」

私の不安の声にライモンドがこたえた。

「ガブさん。私も阻止しますが、もしもの場合はあなたも殿下を止めてくださいよ」

「おう、俺に任せろ！」

ガブリエーレは力強くそう返事すると、胸をドンと強く叩いた。この人、絶対に意味が分かってないでしょ。はあ、と大きくため息をついて、私は小粒のマスカットに手を伸ばす。

「ライモンド様、王城にはまだ行かなくてもいいの？」

ぽいっとマスカットを口に放り込んだ私を見て、ライモンドが顔をしかめる。

「淑女教育はまだ延長しなければなりませんね……。この後の陛下との謁見ではおとなしくしていてくださいよ。王城への移動は、実はハーラ国の貴族の方がお迎えに来てくださることになっております。観光大臣を務められている方でして、道中にある観光名所を案内がてら王城へ向かうそうです。このカフェで待ち合わせをしておりますので、我々はその方がいらっしゃるまでここで待機となります」

「へええ、親切な方もいるものね」

「まじかよ、どうせまた移動中はずっと何かしらの商品を薦められるんだろ。この国の奴らは息をするように物を売りつけてくる」

ガブリエーレが私の言葉にかぶせるようにして低い声で言った。遠慮のない物言いをするガブリエーレでさえも、この国の雰囲気にはうんざりしているらしい。

「レナート。私は欲しいものは自分で決めてから買うから、勧められても勝手に買わないでちょうだい」

「……ふむ。ミミがそう言うのなら、仕方がない。そうしよう」

レナートの返事に、ライモンドがほっと息をついた。レナートは放っておいたら勝手に別荘を二軒も買ってしまう人だけれど、一度約束しておけばきちんと守ってくれるはずだ。多分。

新しい紅茶とお菓子が届き、店員が空いた皿を下げてゆく。広くなったテーブルの向こうに見える歩道には、街路樹の短い影が伸びている。行き交う人々のざわめきの中から、子供の甲高い声が上がり、そして消えていった。

「あら、子供の泣き声が聞こえたわ」

私がそう言うと、三人が一斉に人込みに目をこらす。

早足で歩く人たちが不自然に進路を変えた。緩やかな波の起こるあたりを見ると、押し出されるようにして小さな男の子が姿を見せた。何度も周りを見回しては不安そうに身をすくめている。

「迷子かしら。ちょっと行ってくるわ」

「ちょっと待て、マリーア！」

私が歩道に飛び出すと、すぐにガブリエーレが後を追ってきた。

声を上げて泣いている男の子を歩行者が横目で見ながら避けてゆく。人の波を掻き分けて行くと、ぽかんと空いた空間にたどり着いた。いきなり目の前に現れた私を見て、男の子がきょとんとした。

「こんにちは、迷子になっちゃったのかしら？」

しゃがみ込んで男の子の顔を覗いてみた。赤みがかった金髪に茶色の瞳。服装からして平民の子だろう。三歳か四歳くらいかしら。きっとテオと同じくらいね。私は男の子を落ち着かせるように、ニコリと優しく笑った。

「お母さんと一緒に来たのかしら？　はぐれちゃった？」

男の子は胸の前で手をぎゅっと握りながらも、小さく頷いた。

「おい、マリーア！　勝手なことをするな」

大声で怒鳴りながら登場したガブリエーレに、男の子が飛び上がって驚く。目にはみるみる涙が溜まっていった。

「もう、怖がらせちゃだめよ。この赤い人は大丈夫よ、悪い人じゃないわ。ただ怖いだけよ」

「おい、どういうことだ」

怯えた男の子が、ガブリエーレから距離を置いて私の陰に隠れた。気まずそうに口を歪めたガブリエーレは、何かを言いかけていたがそのまま口を閉じる。私は優しく男の子を抱き上げた。

「ほら、見える？　お母さん、どこかにいないかしら」

何度も首を左右に往復させ男の子は母親を捜していたが、見つからなかったのだろう、ぽろぽろと涙をこぼし始めた。

「あらあら、泣いちゃったわ。そうだわ、アレやってあげる。私、得意なのよ。ほーら、高い高ーい、高い高――――い」

「きゃ――――」

私は男の子をぽーんと天高く放り上げた。照り付ける太陽と男の子の姿が重なる。悲鳴を上げて落ちてきた男の子を私はしっかりとキャッチした。

「アホか！　やめろ！　マリーア！　高く上げ過ぎだ！」

男の子は魂の抜けたような表情のまま、ぐったりと私の腕に抱かれている。

「ほら、見て。泣き止んだわ。うちのテオもこれが大好きなのよ。高ければ高いほど機嫌が良くなるの」

「普通の子供をお前の弟と一緒にするな！」

ガブリエーレに怒られ、私は肩をすくめた。よく見れば遠巻きにして見ている人たちもちょっと顔が引きつっているような気がする。ちょっとやり過ぎちゃったかも、と反省した私は、男の子を抱いたままレナートたちのもとへ向かった。

「やっぱり迷子みたいなの」

一部始終を見ていたのだろう、レナートとライモンドが苦笑いのまま頷いた。

「迷子は教会に行けば預かってくれるはずです。ガブさん、ちょっと行ってきてくれませんか」

ライモンドにそう言われ、ガブリエーレが男の子に手を伸ばしたが、男の子はぎゅうっと私の服を摑んで離れなかった。

「お前、あんな目に遭わされてもまだこいつがいいのか……」

「そういうことだから、私が教会まで行って来るわね」

私の言葉にレナートが少しだけ目を見開いた。

「一人では危ない。私も行こう」

立ち上がりかけたレナートを止め、私は男の子を抱え直した。

「大丈夫、走って行くからすぐに戻るわ。もうすぐハーララ国の貴族の方がお迎えに来るんでしょう？　その時にレナートがいないと大変なことになっちゃうじゃない。じゃね！」

私は有無を言わせず駆け出した。

「ちょっと待ってください、マリーア様！　ガブさん、追いかけてください！」

ライモンドの声が聞こえ、ガブリエーレがすぐに追ってくる気配がした。

ふふん、私の足について来れるかしら？

小柄なのはこういう時に役に立つ。人込みを細かく縫うように駆け抜ける私に対し、ガブリエーレは道行く人を押しのけて進んでいる。それほど遠くはない教会までの道のりを、私は何度も後ろを振り返りながら突っ切って走った。

教会へ到着すると、男の子の母親がちょうど姿を見せた。男の子と同じ色の金髪を振り乱し、あわてて駆け寄って来る様子に私はほっと息をついた。腕から下ろすと、男の子はすぐに母親のもとへ駆け寄った。母親は男の子をきつく抱きしめると、何度もその子の名前を呼んだ。ぽろぽろと涙をこぼしていた男の子も、やっと安心したのか笑顔を見せる。

母子は私たちに何度も頭を下げ、手をつないで帰って行った。それを見ていた教会の職員の人には「善行を積んだ記念に神父様のブロマイドを買いませんか」と強く勧められた。それを断るのに少しだけ手間取ったので、予定よりも帰りが遅くなってしまった。

再び人込みを掻き分け、私とガブリエーレが何とかカフェに戻ると、先ほどのテラス席にはレナートの姿がなかった。その代わり、護衛の騎士たちに囲まれたライモンドが頭を抱えてテーブルに突っ伏している。

「ただいまぁ。ライモンド様、どうしたんですか？　頭痛でもするの？」

「おい、レナートはどこだ」

違和感に気付いたガブリエーレの緊迫した声に、ライモンドが顔を上げた。その顔色は青を通り越して白くなっている。眼鏡はずり落ち、いつもは眼光の鋭い瞳が生気を失くしていた。

「ライモンド様？」

「……しわけ……せん……殿下が……殿下が……」

隣に立っていた騎士が、落ち着かせるようにライモンドの肩を叩く。眉間のしわを深くしたガブリエーレが叫ぶ。

「おい、レナートがどうした！」

「申し訳ありません……殿下が、攫われました……」

私とガブリエーレが同時にひっと息を呑む。

「な、なんですって――！」

レナートが攫われた。

ライモンドが言うには、私たちが教会へ向かった後、しばらくすると護衛を連れた中年の男性が現れたそうだ。

髪も髭もきれいに整えられ、貴族らしい品の良いジュストコールを違和感なく着こなしている。その襟にはハーララ国独特の模様が刺繍されていて、ライモンドはその人物が待ち合わせをしていた貴族だと思い込んでしまった。

「旦那様、お会いできて光栄です。こちらにいらっしゃると耳にしまして、是非御目通りしたいと馳せ参じました。もっと良い店を用意いたしましたので、そちらでおもてなしさせていただけないでしょうか」

裕福な商家の跡取りという設定で街歩きをする予定だ、と事前に伝えてあった。そのお忍びの気分を壊さないように、偶然出会った演技をしてくれたのだろう。なかなかノリの良い貴族だな、と思い、こちらもわざわざ名前の確認などしなかったのが仇となった。

彼が指し示した方向には、豪奢な馬車が停車していた。しきりに馬車に移動することを勧める彼の言葉にレナートは頷き、ライモンドを振り返った。

「ライモンド、お前はまだ疲れているだろう。私は先に馬車に乗っているから、お前はここで休憩がてらミミたちの帰りを待つといい。無駄遣いはしないから安心しろ」

最後は小声でライモンドにささやいたレナートは、ニコリと笑ってその貴族と護衛に連れられ馬車に向かって行った。

普段ならレナートを一人で行かせることなど絶対にしない。しかし、プラチドや留守番の側近たちへの仕事の引継ぎ、突発的なアクシデントの対処、連日続くこのハーラ国の人々のセールストーク。ただでさえ疲れの溜まっていたライモンドはとっさの判断を間違えてしまった。殿下であればうまくかわしてくれるだろう。のらりくらりと話を逸らして相手を退けるのはプラチドの得意技ではあるが、実はレナートだって殊の外上手なのだ。

教会までそれほど遠いわけではない。あの二人ならケンカしながらすぐに帰ってくることだろう。

少しの間だけ殿下に頑張ってもらって、束の間の一人の時間に休ませてもらおう。

そう思いながら紅茶に口を付けた直後だった。「殿下の乗った馬車が走り出しました！」とレナートについて行ったはずの護衛騎士があわてて走ってきたのは。

「我々は急遽、予定よりも早くこのカフェに入店しました。だから、本来待ち合わせをしていた貴族はこんな時間に迎えに来るわけがなかったのです。こんなこと、考えなくてもわかるはずなのに……」

ライモンドは悔しそうに両手をぎゅっと握りしめた。見るからに疲れていたライモンドを責める人など、私たちの中にはいない。

護衛の騎士たちにライモンドを託し、私とガブリエーレはすぐに走り出した。馬車が停まっていたという場所まで行き、近隣の店に馬車がどの方向へ走り去ったのかを聞いて回った。歩行者が多いので、馬車はスピードを出すことはできないはずだ。それならば馬車で追いかけるよりも、走って追いかける方がいいだろう。

途中途中で聞き込みを行う。勢いよくガブリエーレに掴みかかられた歩行者は目を丸くしつつも、親切に目にしたことを教えてくれた。そうしながら街外れまで出たところで、建ち並ぶ商店の人たちが店先でそろって心配そうに道路の向こうをながめている。

「いやあ、それが。麻袋を肩に担いだ男たちが向こうに走って行ったんだよ」

「声をかけたんだが、突き飛ばされてねえ」

「その麻袋、動いてたような気がするんだよ。もしかして、中に人が入ってたんじゃないかって話していたところさ」

彼らの話を聞いて、私とガブリエーレは再び大きく息を呑む。きっと進まない馬車を乗り捨て、走って移動することにしたのだろう。それにしてもまさか大国の王太子を麻袋に入れて誘拐するとは……。

私は一瞬だけ青ざめたものの、すぐに歯噛みして拳を握った。レナートにそんなぞんざいな扱いをするだなんて許せない。一方、ガブリエーレは眉間のしわを深めたものの、少しだけ戸惑ったように首をひねる。

「レナートがおとなしく袋に入れられるとは思えないが……」

「凶器で脅されたのかもしれないわ！　行くわよ！」

担いで逃げたのであれば、そう遠くには行っていないだろう。商店の人たちの話を訝しむガブリエーレの背中をばちんと叩き、私はいきなりトップスピードで走り出した。それにすぐに追いついてくるガブリエーレもさすがだ。

犯人たちはよっぽど慌てていたようで、目撃証言をたくさん得ることができた。そりゃあそうだ。人間が入っていそうな麻袋を担いだ人たちなんて目立ちすぎる。

証言通りに進むと、さびれた商店街の一角に空き家があった。住宅兼店舗だったのだろう、一階部分は通りに面して小さな窓と大きな木のドアのある店舗となっていた。ドアのすぐ下の石畳には、まだ新しい足跡が残されている。どれも男の足跡で、おそらく五、六人といったところだ。窓には古びたカーテンが引かれ、遠くからでは中は見えない。

身を隠しながら近付く。ドアは雨風にさらされ黒ずみ、苔が生えていた。カーテンの破れからそっと中を窺《うかが》うも、暗くてよく見ることができなかった。他に出入り口はないかと見回すが、隣家との隙間は狭く、雑草がぼうぼうと生えている。二階と三階に窓があるけれど、手をかける場所がないので上ることができない。ガブリエーレに肩車してもらっても届かないだろう。

　私はポケットから髪飾りを取り出し、右手に装着した。持って来ていたのか、と言わんばかりに目を見開いたガブリエーレと目が合う。そして、私たちは一瞬だけ見つめ合い、同時に頷いた。

「こそこそ忍び込んでる暇はないわ」

「ああ、俺も同じことを考えていた」

「私たちは！」

「いつだって！」

「「正面突破だ――!!」」

　そう叫んだ私たちは隠れていた物陰から飛び出した。

「アンノヴァッツィ武術、ごじゅうはちぃ――！」

　私は勢いをつけて木のドアに重いパンチを入れた。バキバキッと大きな音を立ててドアに亀裂が入る。そこにすかさずガブリエーレが体当たりをする。ドアは簡単に崩れ落ち、ガランとした室内の床に座り居眠りしていた見張りの男が飛び起きた。

「な、なんだ！　お前ら！」

見張りの男は傍らに置いてあったナイフを手に取ろうとしたが、瞬時にガブリエーレが男のこめかみに手刀を入れる。悶絶して床にうずくまった男を蹴って転がし、ガブリエーレが奥に続く通路へ走った。通路の先を覗き込んで安全を確認すると、ちらりとこちらを見て小さく頷く。その後に続いた私は、通路に出るとすぐに壁を背にして息をひそめた。

店舗裏の広い廊下は、右へ進むと一階倉庫、左へ進むと二階へ上がる階段があるようだ。

ガブリエーレが腰の剣を抜いて構える。私はその後ろに回り、ガブリエーレに背を向けて構えた。これも朝練中に考えた、もしもの時の配置だ。前方から来る敵をガブリエーレが、後方は私が担当する。まさか実践する時が来るとは思わなかったけれど。

どちらへ進むべきかと逡巡している間に、倉庫の方から二人分の足音が聞こえた。

「いやあ、こんな楽な誘拐はなかったな」

「ああ、護衛の女の名前呼びながら泣きじゃくってたぜ。あの金髪碧眼の天使みたいな見た目通り、ひ弱な奴だったよ。情けねえ奴だ」

ドカッ！　バコ――――ン！

怒りで目の前が真っ赤になったと思ったら、私の目の前に二人の男が倒れていた。そういえば二人の男の腹に蹴りとパンチを繰り出したような気がする。

「バカ！　いきなり失神させるやつがあるか！　レナートの居場所を聞き出すのが先だろう」

「ご、ごめんなさい。レナートの悪口を言われたら我を忘れてしまって……」

「恐ろしい奴だな……」

呆れるガブリエーレが片眉を上げると、バタバタと走る音が聞こえてきた。二人の男が同時に倒れた音に気付いて仲間が集まって来たのだろう。

「誰だ！　お前たち！」

「捕まえろ！」

別の二人の男たちが階段を駆け下りて来た。片方の男をガブリエーレが剣の柄で殴った後、もう片方を蹴り飛ばす。倉庫からは太った大きな男がのそりのそりと歩いて来る。私が視界に入ると目を見開き、今にも抜けてしまいそうな床板をきしませてこちらに向かって走り出した。

私を捕らえようと伸ばされた手をぱちりと叩いて払い、男の膝に横蹴りを入れる。太った男は痛そうに顔を歪め、バランスを崩した。ぐらりと傾いた体を思い切り突き飛ばすと、今度こそ立っていられずにバタバタと手を宙に泳がせ仰向けに倒れた。

「ぐああ！」

「おい！　大変だ、変な女と真っ赤な奴が……うわあああ？」

店舗に転がしていた見張りの男が運悪く通路に飛び出してきて、太った男の下敷きとなってしまった。

「あら、お気の毒様」

「何してる！　行くぞ！　マリーア」

半分ほど階段を上ったガブリエーレの声に振り向き、私はあわててその後を追った。二階は住宅なので、廊下が狭い。すでにガブリエーレは剣を鞘に戻していた。

「二階には誰もいないようだ」

それほど広い家ではない。ドアが開けられたままの向かいの部屋と奥の部屋はがらんとしていて人気《ひとけ》がなかった。

「まさか、ここじゃなかった？」

「でも、明らかに怪しい奴らが……」

どこかで、ガタリ、と音がして、ガブリエーレが口を閉じた。そういえば外から見た時、この建物は三階建てだった。しかし、三階に上がる階段らしきものは見当たらない。

「屋根裏部屋か」

ガブリエーレのつぶやきに私は頷いた。

「階段はどこにあるのかしら」

「屋根裏部屋だったら……」

辺りを見回したガブリエーレが、手前の部屋にずかずかと入っていく。埃臭い室内は明かりがなく暗い。私は窓辺に行って窓枠に引っかかっているだけのカーテンを引っ張った。ペラペラのカーテンは朽ちる寸前だったようで、簡単にビリビリと破れてしまった。大きく裂けた破れから床に強い光が差す。汚れと埃が固まっていたカーテンはベタベタとしていて、私はその気持ち悪さに手を壁にこすり付けた。

くすんだ壁に私の手の跡が付く。ベタベタは少し取れたけれど、今度は手が真っ黒になってしまった。麻袋に入れられた上に、こんな不潔な場所にレナートが閉じ込められているだなんて。

「絶対に許さないわ……！」

メラメラと闘志を燃やす私を尻目に、ガブリエーレは歪んだクローゼットの扉を無理やり開けた。扉はそのまま取れてしまい、音を立てて床に倒れた。

「見ろ、屋根裏に上がるはしごが隠されている」

「私が行くわ」

はしごもまた朽ちかけていて、ガブリエーレが乗ったら折れてしまいそうだった。

慎重に足を乗せると、踏《ふ》み桟《さん》が甲高い音を立てて軋んだ。ゆっくりと一段一段上って行く。天井に手をかけると、簡単に板が動いた。その音に反応するように、屋根裏部屋で誰かが身じろぎした気配がする。

「レナート！　私よ！　助けに来たわ！」

私がそう叫ぶと、屋根裏部屋からガタガタッとあわてるような音がした。天井板を完全にどかし、はしごを駆け上がる。はしごがギシギシと音を立て、ほこりと木くずが宙に舞った。足元にいたガブリエーレがゴホゴホと咳き込んでいる。

「た、助けに来てくれたんだね！　マリリン！」

屋根裏部屋から聞こえてきたのは、レナートの声ではなかった。もっと軽くてか弱い、女の子みたいな声だ。

「マリリン？」

最後はぴょんと飛び上がって屋根裏部屋に着地した私は思わず聞き返した。

舞うほこりに目を細めながら声のした方を見ると、窓際の床に毛布をかぶってうずくまる、金髪に青目の美しい少年がいた。ポカンと目を見開いてこちらを見つめている。きっと今、私も同じような顔をしているはずだ。

「え……？」

目を見開き、そうつぶやいた少年の顔が今にも泣き出しそうにくしゃりと歪む。そして、毛布をきつくかぶり直すと、ひい、と息を吸って叫んだ。

「だ、誰ぇ――――!?」

＊＊＊＊＊

――一方その頃。

若干急ぎ気味で進む馬車に揺られ、レナートは一人、顎に手を置いて思案していた。

窓の景色は雑多な繁華街から高級住宅街へと変わった。城と見紛うほどの豪華絢爛な邸宅を通り過ぎると、まるで森のような庭が延々と続く。

もしかすると、住宅街ではなく別荘地なのかもしれない。

レナートは至極冷静に周囲を観察していた。馬車が走り出してからそれほど時間は経っていない。王都の繁華街から近い別荘地であれば……と、事前に確認していたハーララ国王都付近のおざっぱな地図を思い浮かべ、現在地の見当をつけた。

うかつなことに、カフェに迎えに来たハーララ国の貴族をうっかり信用してしまった。

いつもならライモンドと離れることなどないのだが、疲れている側近をたまには一人にして休ませてやろう、などと殊勝なことを考えてしまったせいだ。

馬車に向かうまでの短い道程までも、口髭の端をくるりと跳ね上げたカイゼル髭の貴族は、旦那様は……、旦那様に……、とおしゃべりが止まらなかった。レナートは裕福な商家の跡取りの設定で街歩きをしていたので、この時点では何も疑問には思わなかった。これはこれはハーララ国の貴族らしいことだ、と思わず苦笑いしてしまったくらいだ。

「それでは旦那様、ごゆっくりどうぞ」

そう言って、貴族はレナートを馬車に押し込むとすぐに扉を閉めてしまった。てっきり馬車に同乗し、土産物を押売りしてくると思っていたのに。肩透かしを食らった気持ちのまま、質の良い座席に腰を下ろした。そして、周りに誰もいないのにレナートを最後まで旦那様と呼んだ礼儀正しい貴族に違和感を覚えた。

馬車がゆっくりと揺れた。これはまずい、と思った瞬間、距離を置いて付いて来ていた護衛騎士と窓越しに目が合った。護衛騎士があわてて何かを叫んでいる。追いかけて来ているようだが、だんだんとその声が遠くなっていった。

しまった、誘拐か。

先ほど、貴族が外からドアに鍵を掛けているのを見たので、飛び降りるわけにはいかないようだ。歩行者が多く、馬車はスピードを出すことはできない。護衛騎士が一部始終を見ていたはずだ。すぐにライモンドに連絡が行くだろう。

座席は揺れをほとんど感じることはない。室内の装飾、広さといい、最上級の馬車を用意したと見える。誘拐という非合法なことをしているものの、レナートに害を与える気は今のところないようだ。

であれば、抵抗せずに助けを待った方がいいだろう。ただ、もしもの為に、目に入ったものは全て記憶しておくか。後で何が役に立つかわからないからな。

頭を抱えているライモンドの姿が目に浮かぶ。レナートは不憫な側近のことを想い胸を痛めると同時に、できれば国際問題にはしたくないものだ、とも思った。相手の出方次第ではあるが、今後のことも考えて、ハーララ国王の記念式典に水を差すようなことは避けたい。

懐から懐中時計を取り出して時間を確認した。馬車の速度と時間からしてもそう遠くまでは来ていないはず。懐中時計の蓋に貼った婚約者の姿絵を親指でそっと撫でる。

ミミがこのことを知ったら、黙ってはいないはず。間違いなくこの場に飛び込んでくるだろうが、できるだけ無茶はしないでもらいたい。これから向かう先に武装した兵士などがいたら、と思うと不安がよぎる。彼女の強さを疑うわけではないが、なるべくなら怪我などしてほしくはない。その辺りのことを十分弁えているはずのガブリエーレがミミを抑えてくれれば良いのだが。

様々な場合を想定し、対応を考慮しているうちに、馬車が少しずつスピードを落とした。豪奢な門をくぐり、大きな屋敷の正面に馬車が停まる。執事らしい男とメイドが数人、開け放たれた玄関扉の前で恭しく頭を下げている。

「お待ちしておりました」

鷹揚に馬車を降りたレナートに、使用人たちが一斉にそろった声を上げる。

カイゼル髭の貴族が恭しくレナートを先導した。

「旦那様、どうぞこちらへ。ささ、どうぞ」

てっきり隠れるようにして裏口に案内されると思っていたが、大通りを通り正門をくぐり、正面玄関から招かれる。あえて人目につくように。

彼らは金髪青目のレナートを旦那様と呼んでいる。目的はわからないが、いったい誰と間違われているのかは大体見当がついていた。

人は余裕がなくなると、想像もつかない突飛な行動を取ることがある。安易にここで自分の正体を明かしてしまったら、態度を豹変させるかもしれない。ライモンドたちの到着を待ってからの方がいいだろう。レナートはそう判断し、静かに頷いて貴族の後をついて行った。

　通されたのは二階の一番奥の貴賓室だった。広い室内には煌びやかな調度品が並べられ、床には足が沈むほどのふかふかの絨毯《じゅうたん》が隙間なく敷き詰められている。勧められたソファに座ると、ちょうど向かいには壁を覆いつくすほどの大量のカスミソウが大ぶりな花瓶に生けられていた。普段は引き立て役のカスミソウも、こうして集めれば十分主役となりうるのだな。品の良いメイドが手際よく紅茶を淹れるのを眺めながら、そんなことを思っていた。

　紅茶と菓子をテーブルに並べると、メイドはすぐに部屋を辞した。扉が閉まると同時に外から鍵の掛かる音が響いた。

　彼らに悪意は感じないが、安易に飲食物を口にするのはやめた方がいいだろう。扉の外には見張りがいる気配がした。

　音を立てないように立ち上がったレナートは、室内を物色する。当然、逃走に役立つようなものはあるはずもなく、窓も換気程度にしか開かないようになっていた。近くに伝って下りることのできるような木もない。ミミのように二階や三階から飛び降りることができれば窓を壊して逃げることも可能ではあるが、ライモンド曰くどんくさい自分には無理だろう。

　太陽は真上に昇りつつある。ハーララ国王との謁見の時間までには戻りたい。なるべく体力は温存しておこう、と再びソファに腰掛け深呼吸をした。

　しばらくすると、わずかに開いた窓から馬のいななきが聞こえ、男たちの叫び声が響いた。懐中時計で時間を確認した。あの後すぐに護衛の騎士たちが馬車を追いかけたとしても、到着が早すぎやしないだろうか。レナートは首を傾げた。

扉の外がにわかに騒がしくなり、幾人かが走りまわる足音がした。遠くから雄叫びのような声も近付いてくる。男たちの悲鳴と、何かが激しく倒れる音。

ずいぶんと騒がしく迎えに来たものだ、とレナートは足を組み替え、ひじ掛けに頬杖をついて嘆息した。

ドンッ！　ドンッ！　ドカン！

と、激しく部屋の扉を叩く音がして、三度目の衝撃で扉がはじけ飛んだ。

「ニコラス様――‼　助けに参りました――‼」

そう叫びながら、黒髪を高い位置でポニーテールにし、軍服を着た大岩のような女性が部屋に飛び込んで来た。予想外の人物の登場に、さすがのレナートも思わず目を見開く。

「って……誰ぇ――⁉」

レナートを視界に入れた女性がそう叫びながら後ろにのけ反り、そのまま尻もちをついた。相手の激しい驚きように逆に冷静になったレナートは、厳格な王太子モードに気持ちを切り替えた。頬杖をついたまま高圧的に女性を見下ろす。

「……ふむ、そう言うお前こそ誰だ。名を名乗れ」

上品でよく通る声に、目の前の人物がやんごとない人物だと即座に察した女性がしゅばばっと体勢を立て直し、片膝をついて頭を下げる。

「私はサバラ商会頭取ニコラス様の護衛、マリリンと申します。誘拐された主《あるじ》を追って来たはずだったのですが……」

さらに深く頭を下げたマリリンは、その、あの、と言いづらそうにその後の言葉を濁した。

「なるほど。やはりニコラス氏と間違われていたか」

レナートはそうつぶやくと、静かに立ち上がった。肩に落ちた髪をさらりと払う堂々とした立ち姿は、この絢爛豪華な部屋のどんな調度品よりも品があり威厳があった。その雰囲気にすっかり圧倒されてしまったマリリンが瞬きも忘れてレナートに見入っている。

「ちょうどいい。そろそろ帰ろうと思っていたところだ。マリリンとやら、お前はここまで馬車で来たのか」

名前を呼ばれたマリリンがハッとし狼狽しながらも頷く。

「は。二頭立ての小さな馬車ですが。時間が惜しかったので、御者はつけずに自分一人で参りました」

「ふむ、ではお前の馬車で戻ろう。ここにはニコラス氏はいない。戻ったら、私の護衛騎士たちにもニコラス氏の捜索を手伝わせると約束しよう。先導せよ、マリリン」

「は！」

マリリンがぶち壊した扉の向こうでは、見張りの兵士が目を回して倒れている。兵士を踏まないようにさっそうと避け、レナートは廊下を早足で歩き始めた。その後ろをマリリンがドタドタと足音を立てて追ってくる。

「う……くっ……は、早いな……」

「ふふ、練習の成果があったようだな」

マリリンのつぶやきに、レナートが口の端を上げる。マントをつけて何度も廊下を闊歩した甲斐があったようだ。

階段を半ばまで下りた辺りで、狼狽《うろた》えながら右へ左へとウロウロしている見張りの兵士と目が合った。あわてふためいた兵士が廊下の奥に合図を送ると、バタバタと走る音が聞こえてきて、カイゼル髭の貴族とその使用人たちが姿をあらわした。すぐさまマリリンがレナートの前に飛び出して腕を広げる。

「申し訳ありません!!」

走って来た勢いのまま、貴族が床にひれ伏した。その後ろには屋敷の執事や従僕たちも並んで床に額を付けている。

「ですが、けして誘拐ではありません。極秘にニコラス様の誘拐が企てられているのを耳にしまして、我々がさきにニコラス様を保護しようと……」

「お前に発言の許可は与えていない」

レナートは静かにそう言うと、自分の前に出されたマリリンの太い腕にそっと手をあてて下ろさせた。マリリンが少しだけ横にずれ、レナートはゆっくりと階段を下りて行った。

「名乗りもせずに勝手に自分の言い訳を述べるのがこの国の礼儀なのか」

こんな状況でも動揺することなく、威厳に満ちた態度を見せるレナートを目の当たりにして、貴族たちはひれ伏したまま顔を見合わせ目配せをしている。どうもこれは豪商とはいえ、平民が見せる貫禄ではない。他国の貴族、それもかなり高位の貴族、もしくはそれ以上かもしれない。自分たちがとんでもない間違いをしてしまったのだと察した貴族たちが震えあがる。

「も、申し訳ございません……わたくしは、ペトルッチ侯爵家当主のビアッジョでございます」

平伏したまま声を絞り出すようにして名乗った貴族の額からは冷や汗が流れ、床にポタポタと落ちてゆく。

「保護などという名分で、大方、先んじてニコラス氏と繋がりを得たかっただけだろう。やっていることは誘拐と何ら変わらない。しかも人違いでこの私を軟禁するとは……このことについては追って沙汰する。指示があるまで、ここにいる者全員この屋敷から出ることを禁ずる」

レナートの冷たい声に、ペトルッチ侯爵をはじめ、ひれ伏す全員が息を呑み震えた。

「マリリン、行くぞ」

「は！」

「ど、どうか、お待ちください！」

身を翻そうとしたレナートをペトルッチ侯爵が呼び止めた。

「あ、あの、失礼ながら、あなた様はいったい……？」

「……今はまだ、知らない方が良いのではないか？」

　射すくめるような鋭い眼光のまま、レナートが少しだけ口の端を上げる。ペトルッチ侯爵はそのまま気絶せんばかりにおののき、それ以上は声を出すことができなかった。

　両開きの玄関の扉も見事に壊されていた。扉の分厚さはかなりのものだ。

　これを素手で壊して押し入ってくるとは、このマリリンとやらかなり鍛えているようだな。そういえばムーロ王国の王太子バルトロメイも以前はしょっちゅう誘拐されては、ミミとその姉ニーナに救出されていたという。ミミも彼女のようにドアを蹴破り敵を駆逐していたのだろうか。

　アンノヴァッツィ家の弟子たちに引けを取らない体格のマリリンの横顔を見て、レナートが思わずほほ笑む。

「あの？　私に何か……？」

　視線を感じたマリリンが戸惑いながらたずねた。

「いや、そうではない」と、レナートがあわてて口元を押さえて表情をきりりと戻す。

「私のそばにもあなたのような女性がいるものだからね、彼女とあなた、どちらが強いだろうか、などと考えてしまったんだ」

　レナートの言葉に、マリリンがパッと明るい笑顔を見せる。

「なんと！　あなた様のおそばにも私のような女性の護衛がおられるのですか」

嬉しそうなマリリンの弾んだ声につられ、レナートがわずかに目を細める。

「いや、護衛ではない。私の婚約者だ」

「えっ!? 婚約者?」

驚くマリリンをその場に置いたまま、レナートは自分で馬車の扉を開けてさっさと乗り込んでしまった。窓越しに、早く出発しろ、と目線で促される。マリリンはあわてて御者席に飛び乗った。

馬に鞭を入れ、不必要に馬車を揺らさないよう慎重に発車させる。

こうして一人になってみると、ニコラス様のことが心配で仕方がなくなる。何もかも放り出して今すぐにでも駆け付けたい。しかし、即座にマリリンはぶんぶんと首を横に振り、さらに両手で自分の頬をばちんと張った。いけない、いけない。今はこの高貴なお方を無事に安全な場所へお連れしなければならないのだ。

御者席の後ろに開いた小さな窓。こっそり覗けば、あの高貴なお方は涼しい顔で腕を組み、窓の外を見やっている。

座席に座る姿はさっきまで軟禁されていたとは思えないほど優雅だった。誘拐犯に四の五の言わせない厳格さ。きっと安易に名乗ることもできないお方に違いない。

「あの気品に美しいお顔立ち……。もしや、王族か?」

そうつぶやいた自分の声に、マリリンは背筋がヒヤリとした。と、同時に手綱を握る両手にきゅっと力がこもる。

「あのような高貴なお方に、私と同じような女性の、……婚約者が……」

声にもならない声が、馬の蹄の音にかき消されていった。

＊＊＊＊

「おい、マリーア。お前馬に乗れるんだろ」

ガブリエーレがそう言いながら、二頭の馬を牽《ひ》いて来た。

屋根裏に監禁されていたのは、レナートではなくサバラ商会のニコラスだった。一人でこんな壊れかけのはしごを下りるのがこわい、ときゃあきゃあ喚く彼を屋根裏部屋から脱出させるのは一苦労だった。

その後、誘拐犯たちを縛り上げたガブリエーレが意識を取り戻した彼らに尋問して、馬車はないが裏玄関に馬がいることを聞いてきたのだ。

「もちろん、一人で乗れるわ。ニコラスさんは馬に乗れるの？」

私は隣に立っているニコラスに尋ねた。ニコラスは小柄で、私より少し背が低いくらい。色白で未だうるうると瞳を潤ませて怯えている。

「一人では乗れません。いつもはマリリンが一緒に乗ってくれて」

「そう。じゃあ、私と一緒に乗って帰りましょう」

　私はそう言い、ニコラスを小脇に抱えて鞍に手をかけた。それを見たガブリエーレが驚いて私の腰のリボンを摑む。

「おい、待て。とりあえずニコラス様を下ろせ。ニコラス様は俺の馬に乗ってもらう」

「えっ」

　私の手から解放されたニコラスが、ガブリエーレに見下ろされおののいた。その様子にあわてて胸に手をあてたガブリエーレが軽く頭を下げる。

「マリーアは俺の主の婚約者なんです。事情があったとしても、自分以外の男と一緒に馬に乗ったと知ったら、主の機嫌が悪くなっちまう。どうか俺と一緒に馬に乗って帰ってください」

　両の拳を口にあてて逃げ腰だったニコラスが、きょとんと目を丸くした。そして、コクコクと小さく何度も頷く。

「うん、わかったよ。僕もマリリンが他の男の人とくっついていたら胸が苦しくなるもん」

　ニコラスはそう言うと、可愛らしい笑顔を見せた。

「ニコラスさんはマリリンのことが好きなのね」

「うん！　マリリンは僕が子供の頃からずっと護衛をしてくれているんだ。マリーアちゃんみたいにすっごく強くて、黒髪に緑の瞳ですっごく可愛いんだ」

　ニコラスははじめ、屋根裏部屋に救出に来た私をマリリンと間違えた。マリリンは彼の護衛の女性で、今回のハーララ国の旅にももちろん同行したのだという。メインストリートにあった露店の花を言い値で買ったら、あっという間に近隣の露天商に囲まれてしまい、マリリンとはぐれてしまったそうだ。

「真っ赤な花がきれいだったから、マリリンの黒い髪に挿したらよく似合うと思ったんだ。気付いたらたくさんの人に囲まれてもみくちゃになってしまって、持っていた花もなくなっちゃうし……突然袋をかぶせられて誘拐されて……本当に怖かった……」

その時のことを思い出し、ニコラスはぶるりと体を震わせた。お金持ちのくせにこんなに危機感がないなんて、護衛のマリリンの先が思いやられる。

ニコラスはしきりに私のことをマリリンみたいだ、と言う。見た目は違うようだけど、きっと私と同じように淑やかで品があって、かつ凛々しいところもありつつ、皆に愛される可愛らしい女性なのだろう。

「いや、誰のことだよ、それ……」

私の心の声に、ガブリエーレが小声でツッコむ。馬の鞍を確認したガブリエーレがニコラスに手を貸して馬に乗せる。ガブリエーレが彼の後ろに乗ったのを確認して、私は鞍に手をかけひらりと馬に飛び乗った。

「ニコラスさんには悪いけど、このままレナートを救出に行くわよ。多分、麻袋を担いだ男を見たって人たちのいた商店街あたりで私たちは間違ったんだわ」

「ああ、まさか同じ頃に金髪青目の人物が誘拐されているとは思わなかったからな。あそこまで戻ろう。ニコラス様、しっかり鞍に摑まっていてください。飛ばします」

「は、はいぃぃ……」

ニコラスはきゅうっと肩をすくめ、後ろに乗るガブリエーレの腕の中にすっぽりと入っている。

可愛い。これは、マリリンも一日中つきっきりで護衛するはずだわ。

私とガブリエーレは同時に馬の腹を蹴った。


しばらくすると、馬に乗ったレナートの護衛騎士たちがこちらへ向かってやって来るのが見えた。

「マリーア様、ガブリエーレ様、レナート殿下は無事に見つかりました」

先頭にいた騎士がそう私たちに告げる。私とガブリエーレは大きく息をついて安堵した。

「良かった……！　すぐに見つかったのね」

騎士は私の声に頷くと、簡単にその時の状況を説明し始めた。

「殿下はマリリンと名乗る女性が手綱をとる馬車で戻られました。怪我などはありませんでしたのでご安心ください。現在は、ライモンド様と一緒に王城におられます」

「マリリンも無事だったんだね!?」

騎士の話を聞いていたニコラスが、ガブリエーレにしがみついたまま明るい声を出す。ニコラスの存在にやっと気付いた騎士たちがあわてだした。レナートの命でニコラスの救出隊がすでに出発してしまったのだそうだ。隠れ家に誘拐犯たちを縛り上げてきたことを告げ、私たちはレナートたちの待つ王城へ急いだ。

「レナ――トォォォ―――！」

走っている馬から飛び下りた私は、出迎えに来ていたレナートに飛びついた。難なく私を受け止めるレナートに、ハーララ国の王城の人々が驚きの声を上げる。

「良かったわ、良かったわ、無事で。怪我はない？」

私にぎゅうぎゅうと抱き着かれ苦しそうにしながらも、レナートは優しくほほ笑んだ。

「ああ、私はすぐに救出されたから大丈夫だ。それよりミミこそ怪我はないのか？」

「もちろん！　あんなの準備体操にもならないわよ。もうレナートから離れないわ。絶対に一人にしないんだから」

「一人になってしまったのは迂闊だったよ。私もミミから離れないようにしよう」

「レナート――！」

そう叫び、私はさらに強い力を込めてレナートに抱き着いた。

「それでですね、マリーア様」

「わあああ！」

レナートの肩越しの、すぐ近くにライモンドが立っていた。気付けば私たちはたくさんの人々に遠巻きに眺められていた。恥ずかしくなって離れようとしたが、レナートが腕を放さない。

「ちょっと、レナート。皆が見てるわ」

「離れない、と言ったばかりだろう」

「マリーア様、我々はこのまま王城に泊めていただくこととなりました。ホテルに置いて来た荷物は騎士と侍女たちが取りに行っております」

ライモンドがキリッと中指で眼鏡を上げながら淡々と私とレナートの会話に割り込んでくる。顔色もすっかり良くなり、眼鏡もいつも以上にキラリと輝いている気がする。

「ライモンド様、急に生き生きとしてますね」

「ええ。この度の騒動で疲れなんて吹っ飛びましたよ。やはり私がしっかりしなければいけないのだと気を引き締め直しました」

元気になった様子のライモンドにホッとしたのも束の間、レナートはもがく私を器用に捕まえてそのままいつものように片手で抱き上げてしまった。

「ちょっ、レナート！　ここはよその国の王城よ。私を抱き上げて歩く必要はないでしょ！」

「そうか？」

レナートはそう言うと、ちらりと向こうを見やった。王城のやじ馬たちも同じ方向を見ている。

私もつられてその視線の先を見ると……。

「マリーアちゃーん。レナート様無事で良かったねー」

上機嫌のニコラスの声が響いた。体格の、とても……とっても良い、軍服の女性の右腕に抱き上げられたニコラスが、私に手を振っていた。

「えっ？　ま、まさか、あれがマリリン……？」

　口元をひきつらせつつたずねた私に、レナートがゆっくりと振り向く。

「ああ。彼女がニコラス氏の護衛、マリリンだ。ニコラス氏を救出に来た彼女に、私は助けられたんだ」

「うちの公爵家の弟子かと思ったわ……。女性の弟子もいるけど、あそこまでガタイの良い子はなかなかいないわよ。ニコラスさんが、私とマリリンが似てるって言うから、てっきり……」

　私はもにゃもにゃと言葉を濁した。マリリンは確かに優しそうで頼りがいがある感じだけれど、もっとこう、可憐で清楚でたおやかな女の子を私は期待していたのだ。

「ああ、確かに。たった一人で乗り込んできて、あっという間に見張りを蹴散らし、私が軟禁されていた部屋の扉をぶち壊した。その姿を見るまでは、ミミが来てくれたのだとばかり思っていたから驚いたよ」

　私の気持ちなど知るはずもないレナートが、同意するように何度も頷いた。同じ頃に誘拐犯のアジトのドアをぶち壊していた私は何も言えなかった。

「王城に部屋を用意してもらった。疲れただろう。ゆっくり休むといい」

　レナートはそう言うと、私を片手で抱き上げたまま歩き出した。恥ずかしいから下ろして、と言おうと思ったが、周りの人々はニコラスたちの方に視線を奪われている。

ニコラスとマリリンはまだ抱き合って再会を喜んでいた。ニコラスの片想いってわけじゃないみたい。良かった。

「お似合いね、あの二人」

「ああ、私もそう思うよ」

レナートは私を抱え直し、先導するライモンドのあとに続いた。

「マリーア様たちが出た後、私は本来待ち合わせをしていた貴族の方と合流しました。殿下を攫った貴族の特徴を伝え、その屋敷を特定しました。すぐに近衛たちと向かった先で殿下の乗る馬車と会えたというわけです」

用意された私の部屋にやって来たライモンドが意気揚々と説明する。疲れが吹き飛んだどころではない彼の機嫌の良さに、私は首を傾げた。

「ねえ、何かいつもより眼鏡の輝きが良い気がするわ」

私の指摘に、ムッとしたライモンドが眼鏡のつるを押さえる。

「眼鏡が本体みたいな言い方しないでください。私はこの誘拐騒動の責任を取って職を辞する覚悟だったのですが……蓋を開けてみれば、犯人はハーララ国の貴族。しかも人違い。軟禁されたとはいえたいへん丁重な扱いを受けたとのことで、レナート殿下はこれを大事にはせず、犯人の処罰はハーララ国に任せることになさいました。最終的にはわがルビーニ王国はハーララ国に非常に大きな貸しを作ることになったのです。そして、マリーア様とガブさんがニコラス氏を救出してくださったので、サバラ商会にも大きな恩を売ることができました。この素晴らしい土産を持って帰国するのが楽しみでなりません。ふふ、ふふふ、あーはっはは」

ライモンドが心底嬉しそうに笑った。ソファで寛いでいた私はお菓子を一つ口に放り込む。

「で、結局ライモンド様は職を辞するの？」

「いえ、殿下にもお許しいただきまして、続けることになりました。ハーラ国とサバラ商会に対してこんなに有利なカードを得ることができたのです。ああ、いつ使いましょうかね、腕が鳴ります」

「やけに元気だと思ったら、やっぱりそういうことだったのね」

主が誘拐されただなんて、本来なら側近も護衛も総入れ替えになるほどの大事件だ。それでもやっぱり、レナートのそばにライモンドがいないなんて想像もできない。レナートもそう思ったに違いない。もし側近を辞めるなんて言い出したら、私はどんな手を使ってでも引き取めるつもりだったけれど、そんな必要はなかったようだ。

顎に手を添え悪い顔で笑っていたライモンドがゆっくりと体の向きを変え、お菓子を頬張っていた私に向かって頭を下げた。

「それもこれも、マリーア様の素早い判断と行動のおかげです。ありがとうございました。マリーア様ともちろんマリリンさんにも、帰国後に国よりきちんとお礼をいたします」

「そうね。私は別にいらないけど、マリリンさんには私からもお礼がしたいわ。レナートを守りながら連れて来てくれたんでしょう」

「かしこまりました」

報告を終えたライモンドは頷くと、踵《きびす》を返して扉に手をかけた。そして、そういえば、と部屋を出る前に振り返る。

「マリーア様、けして部屋から出ずに、ゆっくりと、お休みくださいね。レナート殿下もお休みいただいておりますので、けして騒いだりしないように。ハーララ国の誠意でそれはもうたくさんの騎士や兵士がこの部屋を守っていますからね。けして、けっして、部屋から出ずにお休みくださいよ！」

ライモンドはそう何度も念を押して部屋を出て行った。

人違いとはいえ、自国の貴族がルビーニ王国の王太子を攫ったということにあせったハーララ国王が、とんでもない数の兵士を用意して、私たちの部屋を警備しているらしい。本当はすぐに隣のレナートの部屋に行くつもりだった。レナートが攫われた時の話、私がニコラスを救出した話。たくさん話したいことがある。でも、あそこまで言われると出て行きづらい。それに、元気そうだったとはいえレナートは誘拐されたのだ。疲れているだろう。

私は靴を脱ぎ、クッションを背にしてソファに寝転んだ。手を伸ばしてテーブルの上のお菓子を摘まんで口に放り込む。ボリボリと噛み砕き、飲み込む。もう一つ口に入れる。同じように噛み砕き、同じように飲み込む。天井の金糸の装飾がまぶしい。

私はお菓子に伸ばしかけた手を止めた。

「……暇だわ」

むくりと起き上がり、周りを見回しても、ここは他国の王城の貴賓室なので面白そうなものは何もない。しばらく考えた後、私は靴を履いて立ち上がった。

「やっぱりレナートの部屋に遊びに行こうっと」

私は音を立てないように掃き出し窓を開けベランダに出た。ここは三階。びゅうと風が吹いて私の長い髪が舞い上がった。

扉から部屋を出て、正式に訪問したら、見張りの騎士が部屋の扉をノックして寝ているレナートを起こしてしまうかもしれない。だから、直接ベランダから伝って行って部屋の様子を窺ってみよう。もしレナートが起きていたら、窓を開けてくれるはずだ。眠っていたら、そのまま静かに帰ってくればいいだけ。

屋根を伝ってレナートの部屋に行くのはルビーニ王国でもよくやっている。ハーララ国の王城のベランダは隣と近い。つるつるの大理石でできた手すりだけれど、慎重に行けば平気だわ。むしろ頑丈で助かるくらい。こんなのいつもよりも余裕で乗り越えられる。

そう思いながら、手すりに片足を乗せた瞬間、ドタドタとけたたましい足音がして、マリリンがベランダに飛び出してきた。その後に、たくさんの騎士がなだれ込んでくる。手すりに足を乗せたまま振り向いた私はそのまま動きを止めた。

「う、うわぁぁ？」

「確保、確保――！」

私の足にしがみついてきたマリリンが叫んだ。次々に騎士が飛びついてきて、私は手すりから引きずり下ろされ、そのまま担がれて部屋へ戻された。絨毯の上にあおむけに下ろされると、マリリンが素早く乗っかって来て、手足を押さえられた。

「あ、あの、飛び降りようとしていたわけではなくて、その」

あわてて身を起こそうとしたが、マリリンが重くて動けない。

「妃殿下、いけません。あのような危険な真似をしては」

マリリンに冷静に叱られ、私はシュンとして口を閉じた。

ああ、またライモンド様に怒られてしまうわ。

みるみるとしょぼくれていく私を見て、マリリンはやっと拘束を解いてくれた。

「皆さん、ありがとうございます。ここは私が説得いたしますので、お下がりください。あ、窓には厳重に鍵をかけてください」

マリリンはそう言うと、ハーララ国の見張りの騎士たちを下がらせた。そして、軽々と私を横抱きにすると、スタスタ歩いてソファにそっと座らせてくれた。そして、手際よく紅茶を淹れると床に膝をつき、そっと私の前に置いた。

「マリーア妃殿下……なぜ、あのようなことを」

「待って、マリリン。私まだ妃殿下じゃないから。その呼び方むず痒いからやめて」

「し、失礼いたしました。では、マリーア様……で」

　マリリンは大きな体を縮こませて私の足元で跪《ひざまず》いている。

「そう呼んでくれると助かるわ……ええと、マリリン、その……」

　近くで見れば見るほど、マリリンはガタイが良い。ムーロ王国にスカウトすべきか、と迷った私はつい口ごもってしまった。マリリンはそんなことには気付かずに、突然、右の拳でドンッと胸を叩いた。そのものすごい音に思わず私は飛び上がる。

「マ、マリリン、大丈夫？　胸骨折れてない？」

「マリーア様、ニコラス様を助けていただいてありがとうございました！」

　マリリンは拳を胸にあて跪いたまま、深く頭を下げた。

「えっ？　わざわざそれを言いに来たの？」

「はい、人一倍怖がりのニコラス様があんなににこやかに帰ってくるなんて。マリーア様とガブリエーレ様に大変親切にしていただいたと伺いました。どうしてもすぐにお礼を申し上げなければ、とお部屋に伺ったのですが……何度ノックしても返事がなく、恐れながら勝手に入室いたしました。そうしましたら、マリーア様がベランダから飛び降りようとされていたので……」

「ごめんね、隣の部屋のレナートにちょっとだけ会いに行こうと思っただけ、なの」

赤い顔をしてモジモジしながらそうこたえたら、なぜかマリリンまで頬を赤くしだした。

「そ、そうでした、か。逢瀬のお邪魔をしてしまい、大変申し訳……」

「ううん、違うの。レナートと約束していたわけじゃなくて、私が勝手にそうしただけなのよ。そうだわ、マリリン。そこ座って。私、暇だったの。話し相手になってちょうだい」

「い、いえ。とんでもない！　私は平民です。私のような者が、マリーア様の話し相手になどなれるわけがありません」

マリリンはそう言うと、跪いたままじりじりと後ずさった。私はそんな彼女をすばやく捕まえて、向かいのソファにポーンと放り投げる。すとん、とソファに着地したマリリンが目を真ん丸にし、瞬いた。その表情に私はついつい噴き出してしまった。自分よりも小柄な私に持ち上げられた上に放り投げられたことに放心しているようだ。

「なあに言ってるの。座って、座って。あ、紅茶飲む？」

「い、いえ、自分で淹れます……」

「そう？　じゃあ、お願いね」

お茶を淹れるのがそんなに得意ではない私は、素直にソファに座り直してお菓子に手を伸ばした。その間に、マリリンは自分で紅茶を淹れ、おずおずと私の向かいの席に腰掛け直す。私がじーっと見つめていると、気まずそうに目を逸らし紅茶に口を付けた。

「ねえ、マリリンはニコラスさんと結婚するの？」

「ぶはっ！」

マリリンが豪快に紅茶を噴き出した。「な、何を、突然っ」などと口ごもりながら、あわてて布巾で周りを拭いている。

「だって、馬で移動中にニコラスさん言ってたわよ。僕、マリリンと結婚したいから商会を乗っ取ったんだぁ。サバラ商会の頭取になっちゃえば、僕に逆らえる人なんてこの世にはいないでしょ。エヘッ。……って、可愛らしい顔でおそろしいこと言ってたわよ」

肩をすくめ小首を傾げる愛らしいポーズでニコラスの真似をしながら私がそう言うと、マリリンの顔がみるみる真っ赤になっていった。

「い、いけません。私は平民で、ニコラス様の護衛です……」

「ニコラスさんだって平民でしょ」

「それはそうですが、私のような者が……」

マリリンが膝の上に置いた拳をぎゅっと強く握りしめる。

「私のようにガサツで乱暴で……他人を殴ったり蹴ったりするような女が、ニコラス様のような方の伴侶になどと……」

「そんなこと……」

ないわ、と、言いかけて私は上げかけた自分の手を見たまま固まった。

そういえば私なんて物心ついた時から人を殴る蹴るする特訓ばかりしていたし、淑女教育も最近やっと終わったというか、見切りをつけられたというか……扉もぶち破ったばかりだし、今なんてベランダを乗り越えようとしていた。あれっ？　私の方こそレナートにはふさわしくないんじゃないかしら……。

「マリーア様、そんなことはありません！　あ、いえ、その。何でもありません。私は何も聞こえておりません」

　マリリンが戸惑った様子で手を上げ下げし、私をなぐさめてくれる。

「あ、気にしないで。私って心の声がついつい漏れ出てしまう体質なの」

「それはなんと難儀な……」

　マリリンが心底心配したようにきつく眉をひそめる。そして、私の日をまっすぐに見て言葉を続けた。

「でも、レナート殿下はマリーア様のお話をされる時、とても幸せそうな、愛おしそうな表情をされておりました。ふさわしい、ふさわしくない、だなんてことは関係ありません。私は、お二人はとてもお似合いだと思います」

　マリリンは手をしっかりと膝に置いたまま、でも、できる限り身を乗り出して一生懸命に私にそう伝えてくれた。

「ありがとう、マリリン。じゃあ、マリリンも同じね。私もあなたたちはとってもお似合いだと思うわ。二人が抱き合って再会を喜んでる姿を見てた周りの人たちも、そう思っていたに違いないわよ。答えは出てるじゃない、ね？　マリリン？」

私がそう言うと、マリリンはハッとして両手で口を押さえた。

「ニコラスさんだって、マリリンのことを話す時はこーんなだらしない顔してたわよ」

そう言って、私がにへらと笑うニコラスの顔真似をしたら、マリリンは頭から湯気が出そうなほど、顔を真っ赤にした。そんなに似ていたかしら。嬉しくなった私は、こんなにも可愛いマリリンのことをもっと知りたくなった。

「ねえ、マリリンはいつから鍛錬をしているの？　ちょっとやそっとじゃあ、その体は作れないわよね」

そう言って、私がその丸太のような太い腕を指さすと、マリリンからは先ほどまでの恐縮した態度はすっかりひっこんだ。そして、彼女は片眉を上げてニヤリと笑うと腕に力こぶを作る。

「我が家は祖父の代から、国軍兵士を務めております。ですので、私は子供の頃から父、兄、そして弟と一緒に鍛錬をしていたのです。国軍に女性兵士の募集はなかったので、成人してからは貴人や商家の護衛を務め、縁あって今はサバラ商会に雇っていただいております」

「へええ。私も子供の頃から鍛錬をしているけれど、そこまで大きくはなれなかったわ」

「こういうのは体質ですからね。マリーア様はムーロ王国のあのアンノヴァッツィ家の方だと耳にしましたが」

「そうよ。うちのこと知ってるの？」

マリリンがぱあっと明るい笑顔を見せた。膝を一度叩いた後、その手をぐっと握ってガッツポーズを取っている。

「もちろんです。私たちのような武人でアンノヴァッツィ武術を知らない者はおりません。ああ、まさかその直系の方にこうしてお会いできるとは」

「ねえ、いつもやってる筋トレの方法教えてくれる？　暇だから、そこの花瓶を持って筋トレでもしようかと思ってたのよ」

「承知いたしました。もしできることならば、アンノヴァッツィ家の基本トレーニングもお教えいただけませんか」

「いいわよ！」

私とマリリンがすっくと同時に立ち上がる。

その後、筋トレに熱中した私たちの掛け声に驚いたライモンドが部屋に飛び込んできて、マリリン共々大いに怒られたのだった。


ハーララ国王、即位三十周年記念式典はそれはもう派手に行われた。

式典は王城の広い庭で開かれた。晴天の日差しの下で頬を撫でる涼しい風が心地よかった。たくさんの日よけのテントが張り廻らされているが、それでは招待客の全員は入りきらなかった。あぶれてしまった貴人たちは色とりどりの大きなパラソルの下で、それぞれ自由にくつろいでいる。まるでパラソルの花畑のような光景に、私は胸が躍った。

ハーララ国を代表する歌手が歌い、楽団が演奏をし、ダンサーが踊る。割れんばかりの歓声と拍手で盛り上がったところで、満を持してハーララ国王の登場だ。国王は宝石を敷き詰めた王冠に分厚い派手なマント。しかも背中にキラキラ光る孔雀のような羽を背負っており、まるで後光が射しているようにさえ見えた。

わああ、と盛り上がる周囲とは裏腹に、国王のあまりの突飛な姿にレナートとライモンドの表情が無になった。よく見れば同じようにそんな顔をした貴人たちもちらほら見受けられた。

国王が来賓たちへの謝辞を述べると、最後にすっと片手を上げた。それを合図に王城の背後に、うんと大きな花火が上がった。ドン、ドン、と音が反響し、次々と花火が上がる。低い花火、そして見上げるほど高い花火。息をするのも忘れるほど立て続けに上がる、大輪の花火。式典は歓声が歓声を打ち消すほどの最高の盛り上がりを見せた。国王が両手を大きく振り、最後に投げキッスして式典はつつがなく閉幕された。

「昼間の花火もなかなか良いものだった」

部屋に戻ったレナートはソファに腰掛けるなりそう言った。人前では気難しい王太子を演じているレナートではあるが、さすがにあの派手な花火には目を輝かせていた。

『式典のお祝いに、サバラ商会からたっくさん花火を上げてあげることにしたんだ。楽しみにしててね！』

今朝、マリリンと手をつないだニコラスがやって来て、そう言っていた。想像の何倍も大きな規模だった花火に、さすが世界一の大店《おおだな》は違う、と私は感心した。王城の外にはたくさんの平民も集まり、私たちと同じように花火を楽しんだそうだ。きっと小さな子供たちの記憶にもあの大花火とサバラ商会の名は残るに違いない。ニコラスはなんて商売上手なんだろう。

式典が終わり、私たちはすぐに帰国することにした。友好的でノリの良いこの国は居心地がいいけれど、いつまでも王城にお世話になるわけにはいかないのだ。今頃、王太子代理で公務をこなしているプラチドが首を長くしてレナートの帰りを待っているはず。早くアイーダと新婚旅行に行かせてあげなければ。

その予定だったのに、翌朝、私はあっさり寝坊してしまった。式典後の夜会で踊って食べて、部屋に戻ったらぐっすり朝まで熟睡してしまったのだ。それもこれも、陽気な気質のハーララ国王との楽しいおしゃべりのせいに違いない。

「誘拐騒ぎで街歩きが中断されてしまったから、最後にもう一度行こうか、ミミ」

朝食に遅刻した私があわてて席に着くのを待って、レナートがほほ笑んだ。

「えっ、いいの？　私の寝坊のせいで時間がないんじゃ……」

「平気だろう。ライモンド？」

レナートがちらりと振り返ると、後ろに控えていたライモンドが前に進み出る。

「ええ。日程的には予定通りです。昼食を終えたらそのまま帰路につきましょう」

「やったあ、あのお店のランチ食べ損ねたって思ってたのよ」

「では、またあの店の個室を予約しておきましょう」

ライモンドが護衛騎士に指示を出すために、部屋を出た。

すっかり目の覚めた私はモリモリと朝食を食べた。その後、侍女たちに手伝ってもらい、再び街歩き用のワンピースに着替える。レナートは相変わらず裕福な商家の跡取り設定だけれど、シャツの襟のボタンは開けられ、袖は腕まくりしている。タイは高級なスカーフから平凡なカメオのループタイに代わり、先日よりは少しだけラフになっている。ニコラスのあのゆるい感じを参考に、ライモンドが調整したらしい。彼を手本にしてよいのだろうか、と思うけれど、実際の大商会の頭取はあんなものなのかもしれない。よく知らないけど。

観光客たちはすでに帰国したのだろう、街は心もち人が少なくなったような気がした。ぎゅうぎゅうの人込みも解消され、やっとメインストリートの全貌を目にすることができた。

馬車の中から見えた、ルビーニ王国にはない色のレンガの建物。立ち並ぶ露店から漂う、嗅いだことのない香辛料の香り。観光客をさかんに呼び込む威勢の良い声。

ルビーニ王国とムーロ王国しか知らない私は、初めて体感する異国の雰囲気に高揚してきょろきょろと何度も振り返りながら歩いた。

「あら、ニコラスさんだわ」

メインストリートを挟んだ向こうの歩道を、ニコラスとマリリンが並んで歩いていた。私が手を振ると、すぐに気付いて振り返してくれる。ニコラスが隣のマリリンを見上げ何か言ったかと思ったら、マリリンはニコラスを抱きかかえて足早に道路を渡ってきた。

「レナート殿下、マリーアちゃんおっはよー。ライモンドさんにガブリエーレさんも」

マリリンの腕から飛び降りたニコラスがちょこんと小首を傾げて挨拶した。ニコラスはオーバーサイズのシャツにサスペンダーをつけたパンツ姿だった。パンツの裾はロールアップされていて、華奢な足首を見せている。そんな可愛らしい少年にライモンドとガブリエーレが胸に手をあて礼儀正しく頭を下げる様子に、通行人たちがぎょっとする。

「おはようございます、ニコラスさん。マリリンも」

私が軽くスカートを持ち上げて挨拶をすると、ニコラスも真似をしてシャツの裾を持ち、膝を曲げて笑った。

「おはようございます」

今度は大きなマリリンが私に向かって深く礼をしたことに通行人が注目した。広い歩道で私たちの周りにだんだんと人だかりができていく。それでもニコラスはおかまいなしにぴょんぴょん飛び跳ねてガブリエーレに抱き着いた。

「ニ、ニコラス様!?」

驚いて後ずさりつつも、ガブリエーレはしっかりとニコラスを支えている。一緒に馬に乗ったことで、ニコラスはすっかりガブリエーレに心を許しているようだ。

「ねえ、聞いて、聞いて。今朝、マリリンが僕のプロポーズに頷いてくれたんだあ。僕たち結婚するよ！」

「ニ、ニコラス様！」

ニコラスの言葉にマリリンがあわてて飛び出してくる。ガブリエーレから離れたニコラスは、今度はマリリンにぴょんと飛びついた。

「嬉しいな。マリリンは僕の護衛から、僕の妻になるんだ」

「ニコラス様、大きな声で！　お止めください！」

「へえ、ニコラスさん。朝っぱらからプロポーズしたんだぁ」

私がそう冷やかすと、ニコラスがへらへらと笑いながら大きく頷いた。

「朝からっていうか、僕は毎日いつでもプロポーズしてたからね！」

「毎日、いつでも!?」

思わず私は叫んだ。レナートたちも声は上げないものの驚いている。

「そうだよ。いいよ、って言ってくれるまでプロポーズするつもりだったからね。さっそくこれからあの教会で最初の結婚式挙げてくるんだあ」

「最初の？」

「うん！　正式な結婚式は国に帰ってから盛大に挙げるよ。新婚旅行先でも、良い教会があったらそこでも挙げるよ。ねっ、マリリン」

ニコラスがマリリンの腕にぶら下がるようにして抱き着いた。一方、マリリンは恥ずかしくてプルプル震えている。レナートがすっと一歩前に出て、私の横に並んだ。自然な仕草で胸に手を当てて小さく頷く。

「そうか。それはおめでとう。お幸せに。しかし、ニコラス殿、それくらいにしておきなさい。妻に人前でそんな顔をさせてはいけない」

レナートにそう言われ、ニコラスがきょとんとする。耳まで真っ赤になったマリリンが涙目になっているのに気付き、あわてて手を離した。

「ごめんね！　マリリンは恥ずかしがり屋さんなのに！　僕、嬉しくってつい」

「い、いえ。平気です、ニコラス様……」

マリリンがとても平気ではない表情で無理やり口の端を上げた。これ以上私たちと一緒にいて注目され続けたら爆発してしまうかもしれない。

私はわざとらしく額に手をかざして教会の方を見やった。

「あの教会の結婚式はけっこう混んでるわよ。早く行って並んだ方がいいんじゃない？　そろそろ観光客も多くなる時間よ」

「本当だ！　じゃあ、僕たちもう行くね。レナート殿下とマリーアちゃんもお幸せにね。また会おう！　バイバイ！」

ニコラスがそう言うと、マリリンがすぐに深く頭を下げる。そして、二人は手をつないで教会の方へ走って行った。小さなニコラスが大きなマリリンの腕をぐいぐいと引き、何度も二人は目を合わせてはほほ笑み合っている。自分はニコラスにふさわしくない、なんて卑下していたマリリンだったが幸せそうで良かった。

「ねえ、後でこっそり二人の最初の結婚式を見に行きましょう」

「ああ、面白そうだな。そうしよう」

私の提案にレナートがすぐに賛成してくれた。そして、ニコニコしたまま話を続けた。

「私たちも結婚式を申し込もうか」

レナートの言葉に、ライモンドが啞然とする。

「殿下！　まだそんなことを言ってるんですか。ダメですよ、ルビーニ王国の王太子がこんなところで」

「私たちは今、ただの裕福な商家の平民だ。あの結婚式に法的な効力はないと書いてあった。ただ単に旅先での思い出作りだろう。別によいではないか」

レナートがんばれ、もう少しでライモンドを説得できるわ。私は目だけで一生懸命レナートを応援した。たじろいだライモンドのしかめつらが、少しずつ困り顔になっていく。

「だからって、バレたら大変なことに……」

ライモンドが困惑しながらチラリとこちらを見た。そして、期待に満ち満ちた私の表情を見て、額に手をあて大きくため息をつく。

「まったく……平民であるという設定を忘れずに、目立たないようにしてくださいよ」

「きゃあ、ライモンド様、ありがとう！」

私は飛び上がって喜んだ。正式な結婚前なのに、未来の国王夫妻が他国の教会でなんて、とライモンドはブツブツとつぶやいていたけれど、それでもしぶしぶ頷いてくれた。彼は何だかんだ言って、レナートや私の喜ぶことを優先してくれるのだ。

「……あんまりニコラスたちには関わりたくねえんだけどなあ……」

ずっと黙って見ているだけだったガブリエーレが、ボソッとそうつぶやいた。


メインストリート沿いを観光しながらのんびりと教会に向かうと、ちょうどニコラスがマリリンの手を引いて、フラワーアーチの下へ向かっているところだった。

「ああ、間に合ったようだな」

レナートがのんびりとした声で言う。鐘を鳴らす一番盛り上がるところは、是非とも近くで見たい。私はレナートの腕を引っ張った。

「始まっちゃうわ、早くはやっ、うぐっ」

駆け出した私はガブリエーレに腰のリボンを引っ張られ、レナートの隣に引きずり戻された。

「おい、勝手にうろちょろするなと言っているだろう」

「こ、腰がちぎれるかと思ったわ……」

カーン、カーンと二回、鐘の音が響く。湧き上がる歓声と拍手。

ニコラスは先ほども着ていたゆるゆるのシャツの襟に花婿用の白い蝶ネクタイ。マリリンも軍服に花嫁用の花冠のついたベールを頭に載せている。花冠には真っ赤で可憐な花がたくさんついていて、黒髪のマリリンによく似合っていた。大きな体を一生懸命縮めて、ニコラスに寄り添っている彼女は、頬を赤く染めながらも朗らかに笑っている。

初めのうちは、一風変わった二人に見物客たちももの珍しそうにしていたものの、今はその幸せそうな光景をほほ笑ましく眺めていた。アーチの近くには、聖歌隊の制服を着た少年が五人も並んでいる。きっとニコラスが人数追加のオプションをつけたのだ。少年たちの澄んだ歌声が広場に響く。教会の屋根に留まっていた鳥が、羽音を立てて飛び立った。空は高く、白い雲が流れゆっくりと形を変える。

少年たちの歌う聖歌の残響が止み、見物客から再び盛大な拍手が送られた。しっかりと手をつないだニコラスとマリリンがアーチをくぐり抜ける。私が大きく手を振ったら、目が良いのだろう、マリリンがすぐに気が付き、隣にいるニコラスに耳打ちした。ニコラスが飛び跳ねながら、こちらへぶんぶんと大きく両手を振る。

「ニコラスさん、マリリン。改めまして、おめでとう。とっても幸せそうで、良い結婚式だったわね」

私がそう声をかけると、マリリンが恥ずかしそうにしながらもにっこりと笑った。ニコラスは近付いて来た聖歌隊の少年に声をかけた後、マリリンの手を引いてこちらへ向かって歩いて来た。

「ありがとう、マリーアちゃん。皆も。僕たちこれから、教会の奥の部屋で特別なお茶をごちそうになるんだあ」

「特別なお茶のオプションがあるの？」

「ううん。追加オプションでマリリンにウェディングドレスを着せてあげようと思ったら、サイズがなくてダメだったんだあ。がっかりしてたら、司祭さんがお詫びにお茶をごちそうしてくれるって言うからさ」

「それって、多分、お茶飲んでたらいろんな商人が来て押売りしてくるやつだわ。ホテルに泊まってる時、私たちの部屋にも次々と突撃してきたもの」

最初に泊まっていたホテルには、ひっきりなしに来客があった。ルビーニ王国の王族ご一行に是非ハーララ国のお土産を、と商人たちが押し寄せたのだ。私たちが個室で食事をしていても、偶然を装って商人たちが入って来るくらいだ。物腰はとても丁寧で親切なのだけれど、とにかく口がうまい。ライモンドがあれほど疲れていたのは、婚約者様にどうぞ、と言われると、途端に財布のひもが緩むレナートのせいなのだ。

「大丈夫です、マリーア様」

ニコラスの一歩後ろに控えていたマリリンがそっと口を開いた。

「ニコラス様は、そういった交渉事にはめっぽう強いのです。むしろ、こちらの商品を売りつけるくらいには」

マリリンは口に手をあてて小声で言うと、ふふ、と笑った。

「マリリンたら、すっかり奥様みたいな口調ね。ついこないだまでは、護衛だったのにぃ」

私がニヤニヤしながら腕をつつくと、マリリンがあわあわと胸の前で手を振る。

「いえ、めっそうもございません！　いっ、今のは、たまたま、ちょっとだけ、度を越してしまっただけで、そんなつもりはないのです……」

「僕は嬉しいよ、マリリンが遠慮せずしゃべってくれるの」

ニコラスがマリリンの腕にぶら下がるように抱き着いてニコニコと笑っている。マリリンは初めは口をパクパクさせていたが、そのうち腹を決めたのか優しく目を細めた。

「僕たちもう行かなきゃ。じゃあねえ」

聖歌隊の少年が迎えに来て、ニコラスとマリリンは教会へ向かった。しっかりと手を握って笑い合う二人を見ていたら、私は居ても立ってもいられなくなった。

「ねえ、私たちも並びましょう」

私がそう言ってレナートの手を引くと、ライモンドがすっと手を上げる。

「並ぶ必要はありません。護衛の騎士の一人に、先に殿下とマリーア様の式の予約を頼んでおきました」

「ええっ、もう予約済みなの？」

「もちろんです。お二人を平民と一緒に並ばせるわけにはいきませんから」

「私は構わないのだが」

レナートがそうつぶやくと、ライモンドが苦い顔で眼鏡を上げる。

「楽しいイベントの行われている近くで行列に並ばせたりしたら、マリーア様がまた何か騒動を起こすでしょう！　そういう意味で、並ばせるわけにはいかないのです」

レナートがライモンドの言葉に納得したように頷いた。

「わ、私だって、おとなしく並ぶことくらいできるわよっ」

騒ぐ私の声は全員に無視され、噴水近くのベンチに座らされた。教会からは少し離れているけれど、次々と行われる結婚式に拍手をして私たちの順番を待った。

予約をしてくれた騎士が呼びに来てくれたので、私たちは教会前に移動する。少年から受け取ったベールには、色とりどりの大きな七つの花がついていた。赤、オレンジ、黄色、緑……。

「あっ、これ……虹色かしら」

思わずつぶやくと、レナートがにこりとほほ笑んだ。

「追加オプションで花の色が選べると聞いたので、虹の七色を選んでみたんだ。なかなか上手に並べてくれたようだね」

いつの間にそんなことを。私はにまにまと頬が緩むのを抑えられなかった。しばらく手の上のべールを眺めていたけれど、少年がヘアピンを持ったまま待っているのに気が付いて、あわてて髪にピンで留めた。

「きゃあ、可愛い。花嫁さんよ」

通りすがりの女子学生たちが、こちらを指さしてほほ笑んでいる。私は嬉しくなって、後ろを振り向いた。

「か、可愛いって言われちゃったわ」

私の興奮気味の声に、ライモンドとガブリエーレがニヤニヤと笑っている。その隣には、少年に蝶ネクタイを着けてもらっているレナートがいた。

高級なシャツに簡素な白い蝶ネクタイを着けたレナートがなんだかちぐはぐで、私はつい笑ってしまった。本人は案外その蝶ネクタイを気に入っているようで、鏡を見て何度もネクタイの角度を調整している。

既製品のブーケを受け取った私とレナートは少年たちに案内され、教会の扉の前でしばらく待機していた。これからくぐる予定のフラワーアーチの向こうには、聖歌隊の少年が五人並んでいるのが見える。

「またオプションを付けたのね！」

「ああ。オプション代の一部はあの子たちのお小遣いになるそうだよ」

レナートが口元にそっと手を寄せ、私に耳打ちした。

じゃあ、まあいいか。そう思った時、ドン、ドン、と遠くで何かが破裂するような音が聞こえた。教会の中から聞こえたような気がするけれど……。振り向こうとしたが、案内役の少年が近付いて来たので、私はその音のことなどすぐに忘れてしまった。

「お待たせしました。こちらへどうぞ」

少年にそう声を掛けられ、急に緊張してきた私は持っていたブーケを両手で握りしめた。レナートが私の右手をやさしく開かせると、その甲をポンポンと叩いてなだめてくれた。

「行こうか、ミミ」

こくりと頷き、私はレナートに手を引かれるままゆっくりと歩いた。

美しいレナートの登場に、さっきの女子学生たちがきゃあきゃあと歓声を上げる。小さな子供たちが、私のベールについた七色の花を指さし目を輝かせた。見ず知らずの観光客たちの温かい拍手。アーチの下に行くと、優しい花の香りがした。

鐘から垂らされたリボンを摑むレナートの手に、私はそろそろと右手を添えた。

カーン、カーン。

広場に鐘の明るい音が鳴り響いた。だんだん小さくなって消えていくこの幸せな音色は、このままルビーニ王国まで届くのかもしれない。私は遠くの青い空を見上げた。こんなに晴れているのなら、きっと故郷のムーロ王国にだって届くだろう。

噴水の水しぶきに、薄い虹が出来ていた。誰も気付いていない。隣にいるレナートを見上げたら、彼も同じタイミングでこちらを振り向いた。言葉にしなくてもわかる。彼も虹に気付いたのだ。

私とレナートにしか見えていない、小さな小さな虹。

私はぎゅっとブーケを握りしめた。鐘のリボンに添えた私の手を、レナートがぎゅっと握った。

「ミミ、君を一生幸せにすると誓おう」

「レナート……私はとっくに幸せよ。これからも、ずっと、ずっと、ずっと！」

しばらく見つめ合っていた私たちはゆっくりと、虹に視線を戻した。風が吹いて噴水の水しぶきが向きを変え、消えてゆく虹を私たちは黙ったまま眺めていた。

鐘の音の余韻もすっかり消え、私はこの後に続くはずの聖歌隊の歌に耳を澄ました。

ニコラスたちの時の歌声も素晴らしかった。彼らの澄んだ声に見物客たちも、きっとうっとりするに違いない。

私は目を閉じて、ゆっくりと息を吸った。そして、ゆっくりと吐いた。また吸って、吐いた。

まだ歌は始まらない。

どうしたのかしら。

目を開くと、聖歌隊の少年たちが強張った表情のまま、ぽかんと口を開いてこちらを見上げている。よく見ると、見物客たちも同じ顔をしている。

隣を見ると、レナートも不思議そうに軽く首を傾げていた。

「ねえ、歌はどうしたの……」

そう言いかけて、私はハッと身を固くした。何だか焦げ臭い。レナートも同じことに気付いたようだ。

　レナートと私が同時に振り返る。

「えっ……ええ――――！　どういうこと――――！」

　私たちの背後で、教会が激しく燃え上がる炎に包まれていた。

　ドアの隙間からは黒い煙が幾筋も立ち上り、二階の窓からはごうごうと炎が上がっている。バリン、バリン、とどこかでガラスの割れる音がした。顔に熱風がかかり、目を見開いて驚くレナートの前髪が揺れている。私の叫び声をきっかけに、見物客たちから悲鳴があがった。いっせいに広場にいた人々が教会から離れて行く。

「レナート、マリーア！　何してる、早く逃げろ！」

　こちらに向かって走って来るガブリエーレの声に、私はハッとした。

「いけない！　中にはニコラスとマリリンがいるのよ！」

　そう叫ぶと同時に、私はアーチから飛び出した。

「ダメだ！　ミミ！」

　レナートが私の腰のリボンを掴む。しかし、リボンは先ほどガブリエーレに強く引っ張られた時に糸が切れかかっていたのだろう、ブチッと音を立ててちぎれた。私はそのことに、全く気付いていなかった。

「ミミ！」

「待て！　マリーア！　くそっ、ライモンド！　レナートと聖歌隊を避難させろ！」

ガブリエーレがそう叫び、私の後を追ってきた。

私は勢いよく教会の扉に体当たりした。簡単に扉は開き、熱風と黒い煙が一気に噴き上がる。目を細めて覗き込むが、奥には煙があるだけで何も見えない。

「ニコラス！　マリリン！」

返事なんてあるはずがない。袖で口を押さえて煙の中に飛び込んだ。

壁に手をついて身を伏せる。まだ炎はここまでは来ていない。私は身を低くしたまま、廊下を進んだ。

「ゲホゲホ、誰かー！」

「うわ――！」

商人の服を着た男性が二人、身を寄せ合って廊下にうずくまっている。

「こっちよ！　この廊下を進んで外に逃げて！」

私の声に立ち上がった二人はあわてて廊下を駆けてゆく。その後も、途中で出会った逃げまどう人々を炎のない廊下へ誘導し、私は部屋のドアを一つ一つ開けて確認したが、ニコラスとマリリンの姿はない。二人は司祭にお茶をごちそうになると言っていた。きっと教会の一番良い部屋へ通されていたのだろう。

この廊下の先で炎が上がっているのが見えている。微かに悲鳴も聞こえた。まだ逃げそこなった人がいるのだ。バリバリ、ドタン、と何かが崩れ落ちる音が聞こえてきた。さっきドアを開けた時に吸ってしまった煙のせいで喉が痛い。咳き込んでも、また煙を吸ってしまう。

だからと言って、私は進まないわけにはいかない。ここで逃げ出すことなんて絶対にしない。

「助けるわ、必ず」

私はポケットから取り出したナックルを右手にはめた。ぎゅっと一度握りしめ、静かに息を吐いて神経を研ぎ澄ませる。行く先をふさぐ倒れた棚に飛び乗り、そのまま空中で一回転して床の上で燃えている本を飛び越える。降りかかってくる火の粉をナックルで払い、崩れ落ちる天井をすばやく避けて走った。

まだ少しだけ息は苦しいけれど、攻撃回避の鍛錬で鍛えた私にはこれくらいのこと余裕で……。

「うわ〜〜〜！　髪が！　髪が燃えてるー！」

火の粉が舞い散り、後頭部の髪がベールごとちりちりと音を立てて焼けていた。

あわてて叩いて火を消していたら、頭の上にバサリと白い布が落ちてきた。やけに重いと思ったら、白い布は水が滴るほどに濡れていた。その布のおかげで、髪の火がジュッと音を立てて消える。

「ほんっとうに、お前はバカだな」

見上げると、そこにはひどく怒った表情のガブリエーレがいた。

「念の為、聖水盤で濡らしてきたテーブルクロスを持ってきた。こんなにすぐに役に立つとは思わ

なかったがな」

「ありがとう、ガブリエーレ！」

「そのまま被ってろ。モタモタするな、行くぞ」

「あなたも一緒に来てくれるの？」

そう声を上げた私をじろりと睨み、苦々しい表情のままガブリエーレが舌打ちした。

「本当は連れ戻しに来たんだが、ここまで来たなら庭に抜けたほうが早い。それに、奥に人がいるのを分かってて、放っておけるお前じゃないだろう。さっさと行くぞ、走れ！」

「さっすがガブガブ、話が早いわ！」

「ガブガブって呼ぶな！」

私たちは同時に駆け出した。ガブリエーレが崩れてくる天井や壁を剣で薙ぎ払ってくれるので、先ほどよりもずっと走りやすい。無駄な動きをしなくていいので、身を低くし煙を避けてひたすらまっすぐに進むことができる。

「ニコラス！　マリリン！」

声の限り叫んでみても、返事はない。次々と部屋の扉を開け、廊下を見回した。元々、教会内にはあまり人がいなかったのだろう、一階にいた人たちは皆逃げられたようだ。

「くそっ、二階か」

ガブリエーレが舌打ちをし、落ちてきた天井板を手で払った。板は床に落ちると爆ぜて散らばった。ガブリエーレの手が炭で黒く汚れる。

「ニコラスー！　マリリ――ン！」

私は階段下から二階に向かって声の限りに叫んだ。これで返事がないのなら、もう引き返すべきかもしれない。並んで二階を見上げていたガブリエーレが、視線をずらした。そのまま後方を確認し、避難経路を探している。

二人とも無事に逃げられたのだろうか。私が上りかけていた階段からゆっくりと足を下ろした、その時だった。

「……マ……アちゃ……」

私とガブリエーレが同時に振り返った。

「聞こえたわ！」

「やはり二階か！」

そう叫んだ時には、私たちはすでに階段を駆け上がっていた。煙と熱風が行き先を阻む。火の元は二階か。さらに身を低くして、鼻と口を押さえた。割れた窓から突風が吹き、私とガブリエーレの髪をなびかせる。足を止めたのは一瞬。頭をぶるりと振って飛んできた木くずを払い、すぐにまた前に進んだ。

階段を上り切った先には、広い廊下が延びていた。二階は一般には公開していないのだろう、壁には豪華なタペストリーや絵画が飾られ、床には毛の長い絨毯が敷き詰められている。そして、そのどれもが炎を上げて燃えていた。

「ニコラス！　マリリン！　どこにいるの！」

「マリーアちゃ――ん！」

私がもう一度叫ぶと、今度こそ確かにニコラスの声が聞こえた。

「こっちだ！」

叫んだガブリエーレが、燃え上がるタペストリーを剣で薙ぎ払った。絨毯に落ちたタペストリーはくすぶって黒煙を放ってはいるものの、真っ赤な炎は消えた。さすが王太子の筆頭護衛だ。全力で駆けながらも、炎の上がる廊下を目のくらむような一閃で切り開いていく。

駆け付けた先には、倒れた女神の彫像のそばにしゃがみこむニコラスの姿があった。

「ニコラス！　助けに来たわ！」

「マリリンがっ！　お願い、マリリンを助けて！」

煤《すす》まみれになったニコラスが、彫像を必死に持ち上げようとしながら叫ぶ。その彫像の下には、マリリンが倒れていた。首から下が完全に下敷きになってしまっている。唯一動かせる頭だけをこちらに向けて、煤まみれの顔を苦しそうに歪ませていた。

「マリリン！」

すぐに駆け寄って彫像を持ち上げようとしたが、重くてびくともしない。いくら火事とはいえ、どうしてこんなものが倒れたのだ。土台が不安定だったのだろうか。腰が抜けて動けないニコラスがぼろぼろと涙をこぼす。

「うわーん、僕を抱えて逃げようとしたマリリンが、うっかりこの像にぶつかって倒しちゃったんだ」

「うっかりにもほどがあるわよー！」

どんな勢いでぶつかったらこんな大きな像が倒れるっていうの。私とガブリエーレが懸命に持ち上げようとするけれど、彫像はびくともしない。うつ伏せに倒れたマリリンにぴったりと重なるように像が載っている。美しい女神のほほ笑みが、今はひどく意地悪く見えた。顔色の悪いマリリンが呻《うめ》き声を上げる。

「うう、早く、ニコラス様を、……連れて、逃げて……」

わずかに頭を動かしたマリリンが、こちらを見上げた。どこかの部屋で、ドドン、と天井か壁の落ちる音が響く。

苦しそうに呻くマリリンの頭にはまだベールがついたままだった。ベールに付けた赤い花は真っ黒く焦げ、ぺしゃりとひしゃげてしまっている。フラワーアーチの下で頬を染めながらも、幸せそうにほほ笑むマリリンの姿が頭をよぎった。耳の奥で、ずくん、と心臓が脈打つ音が聞こえる。

「……ニコラス、ガブリエーレ、下がって」

私は彫像から飛び退った。両手を胸の前で握り、大きく足を開いて精神を統一する。ふうう、と息を吐いて右足を後ろへ引いた。

ガブリエーレがぽかんとしているニコラスを抱えて壁際へ下がった。彫像の下にはマリリンがいる。手加減が難しいけれど、やるしかない。

「女神様、ごめんなさい！」

左手を彫像に向けて伸ばして狙いを定め、私は体を捻りながら後ろに引いた右の拳を勢いよく突き出した。

「にじゅうっ……よぉぉぉん！」

バキィィ！　激しい音を立てて、彫像が真っ二つに崩れた。飛び散った破片が壁や窓にあたり、パラパラと雨音のような音を立てる。すぐにニコラスが駆け寄り、マリリンの上に散らばった彫像の欠片を払っている。

アンノヴァッツィ武術、24。

マリリンの腰のあたりに載った彫像に思い切り入れた正拳突きは、うまく彫像だけを砕くことができた。下敷きになっていたマリリンには影響がなかったようだ。私は汗をぬぐいながら息を吐いた。

すぐ近くの部屋で壁の崩れる音がした。ほっと息をついている暇もない。

「マリリン、動けるか？」

「ぐっ、足が……」

ガブリエーレが彫像の重い頭の部分を退け、そこから這い出してきたマリリンが苦しそうにそう

こたえた。手をついて起き上がったものの、左足が動かないようだ。ひどく苦しそうに顔を歪めている。

「マリリン！　マリリン！」

滂沱《ぼうだ》の涙を流すニコラスがマリリンに抱き着いて手を握る。

熱波と共にもくもくと煙が押し寄せて来た。燃えている近くの部屋からすぐにでも炎がやってくるだろう。

「私がマリリンを背負って逃げるわ！」

私はマリリンの腕を取り、自分の肩にかける。ぐっと力を入れて持ち上げるが、やはり重い。よろけて床に片手をつくと、肩がすっと軽くなった。

「ええっ!?」

驚きの声を上げたのは、マリリンだ。

見上げると、ガブリエーレがマリリンを横抱きにして立ち上がった。二、三歩よろめいたが、歯を食いしばって身を起こした。

「俺が、こいつを抱えていく。お前はニコラスを連れて逃げろ」

ガブリエーレの言葉に、マリリンが驚いて目を見開く。確かに重そうではあるけれど、しっかりとマリリンの体を支えている。あれなら何とか逃げられそうだ。

「了解、したけど、ガブリエーレ、大丈夫？」

「ぐっ、大丈夫、ではない。だから早く行くぞ！」

切羽詰まっているガブリエーレの声に私は頷き、床にぺたりと座り込んでいるニコラスに手を伸ばした。

「ニコラス、行くわよ。早く立って」

「ごめん、腰が抜けて……」

「ああ！　もう！　しっかりしなさいよ！」

「うわあっ」

私はニコラスの腰に手をまわし、そのまま肩に担ぎ上げた。軽い。小柄な女の子くらいの重さだ。これなら私でも余裕で走ることができる。

私が左肩に乗せたニコラスにしっかり手を回したのを見たガブリエーレが、苦しそうに顔を歪めながらも叫んだ。

「行くぞ！　マリーア」

「了解！」

私たちは同時に走り出した。マリリンを抱えたガブリエーレは身を低くすることができない。背の高い彼は余計に苦しそうだ。何度も咳き込みつつ、それでも走る速度は落とさない。なるべく煙の少ない廊下を選んで走り、やっと見つけた螺旋階段を駆け下りた。その先の大きな扉は開け放たれていて、芝生が見える。庭があるのだ。

私たちは扉をくぐり、そのまま芝生に倒れ込んだ。私たちに抱えられていたマリリンとニコラスは地面に放り出されたが、柔らかい芝生の上だったので、ころころと転がり無事に着地した。

はあ、はあ、と息をついて起き上がる。青々とした芝生はたくさんの足跡ですでに踏み荒らされていた。芝生にうつ伏せに倒れ込んでいるガブリエーレも肩で大きく息をしている。その横ではマリリンが申し訳なさそうに身をすくめて座っていた。

遠くから、怒号交じりの叫び声が聞こえる。火事を消す消防隊が到着したのだろう。教会の二階の窓からは未だ黒い煙が上がっていた。その様子を、ニコラスが芝生にぺたりと座り込みながら口を開けて眺めていた。

「ニコラス、怪我はない？」

私が声をかけると、ニコラスはハッとして肩を大きく揺らした。そして、こちらを振り向いたかと思うと、みるみる目に涙をあふれさせる。

「ニコラス、とりあえずはもう大丈夫よ。マリリンもきっと大丈夫。すぐにお医者様にみてもらいましょう」

ニコラスは大粒の涙をこぼしながら、ぶんぶんと首を横に振る。煤で汚れた手で何度も顔をこするので、目の周りが真っ黒になっていた。

「ニコラス、落ち着いて」

「ごめ……ごめんなさい。僕のせいなんだ」

ニコラスが嗚咽しながらも、そうはっきりと言った。

「へ？」

「マリリンと結婚式ができたのが嬉しかったから、ベランダで花火を上げようと思って……」

「はあ？」

地面に突っ伏したままだったガブリエーレががばっと起き上がり、声を上げた。その大声にニコラスが驚いて飛び上がる。左足をひきずったマリリンがすぐさまニコラスに寄り添い、庇うようにその肩に両手を添えた。

「違うのです！　原因は私なのです。ニコラス様を止めなければとベランダに飛び込んだ私がうっかり花火を蹴り飛ばしてしまい、蹴った花火がそのまま部屋の中に転がり……」

「通されたお部屋がとっても素敵で、ベールをつけたマリリンが可愛くって、僕、いてもたってもいられなくて、花火を上げて皆に幸せをおすそ分けしようと思ったんだあ」

ニコラスはマリリンの手をぎゅっと握った。その時のことを思い出しているのだろう、すっかり涙はひっこみ、ニコニコと笑いながらマリリンを見上げている。

「うっかりにも、ほどがあるわよ……」

二回目だ。私は頭を抱えて、ついさっき叫んだばかりの言葉を繰り返した。お前が原因かー！と叫ぶ気力はもう残っていなかった。起き上がっていたはずのガブリエーレも同様に頭を抱えて芝生に突っ伏している。さすがに世界一のお金持ちを口悪く怒鳴ることはしない程度には冷静さが残っているようだ。

要するに、ニコラスは新妻が可愛すぎてベランダで花火をして火事を起こした、ということらしい。そんなことで、他国の教会を燃やしちゃうとか、どういうことなの。それって国際問題にならないの？

「あ、あれ？　私、ここにいていいのかしら」

少しだけ冷静になった頭で、私は考えた。この後、いろんな人からめっちゃ怒られるであろう人と一緒にいていいのだろうか。そっと腰に手を回すと、リボンがない。そうだ、あの時レナートに止められたのに、私は振り切って……。

「今頃かよ」

スン、とした表情で立ち上がったガブリエーレが私を一瞥した。

「お前、レナートを怒らせてただで済むと思うなよ」

「えっ、レ、レナート、……怒ってるの？」

「当ったり前だろ。俺は知らねーぞ。あいつは頑固だからな、怒ったら誰の言うことも聞かない。覚悟しとけよ」

ガブリエーレはそう言うと、マリリンの横にしゃがみこんだ。

「おい、行くぞ。俺に負ぶされ。ニコラス……様は、歩けますか」

かろうじてニコラスの身分を思い出したガブリエーレが、たどたどしく敬語を使う。そんなことなど全く気にする様子もなく、ニコラスはぶんぶんと首を横に振る。

「まだ歩けねーのかよ……、おい、マリーア。負ぶってやれ」

私は黙って頷くと、庭の真ん中にある水たまりみたいな小さな池にテーブルクロスを浸し、ニコラスの頭の上からかけた。

「冷たい！」

「我慢しなさいよ。これからまた何があるかわからないんだから」

腰に手をあてて叱った後、私はニコラスを背負った。そして、濡れたテーブルクロスで彼を包むようにしてその端を自分の体の前でしっかりと縛った。これである程度は両手が使える。負ぶさるマリリンの足を両手でしっかりと抱えているガブリエーレの代わりに、私が火の粉を払って進まなければならない。

踏み荒らされた芝生を目で追えば、向かいの棟へと延びている。あちらまではまだ火の手が移っていない。

「行けるか？　マリーア」

「ええっと……行けるっていうか、行きたくないっていう気もしつつ」

「よし、行くぞ」

「聞いてた？」

これからレナートに怒られるのかと思ったら、足が重い。でも、いつ崩れるか分からない建物のそばにいつまでもいるわけにもいかない。私は覚悟を決めてガブリエーレの背を追った。

　向かいの棟には火は移っておらず、池の水に浸したテーブルクロスはただニコラスをべちゃっと濡らしただけだった。扉を蹴破ってやっと外へ脱出できた時には、ずぶ濡れで腰が抜けた少年を背負った私と、それはもう取りわけ大きな女性を背負ったガブリエーレに、やじ馬たちの視線が釘付けになった。

　ニコラスとマリリンを地面に下ろすとすぐにサバラ商会の人たちが迎えに来て、あっという間に二人を病院に連れて行った。

「ほんと……お前、マジでいい加減にしろよ……」

　そうつぶやくと、ガブリエーレはそのまま地面に座り込んだ。右手を左肩に、左手を腰に添えて呻いている。鍛えているマリリンは、筋肉量が多いので見た目よりもずっと重い。その彼女を抱え、火の手の上がる廊下を走り、足場の悪い階段を下りたのだから、ガブリエーレの体には相当なダメージがあるはずだ。

「……ガブリエーレ、ごめんなさい。助けに来てくれてありがとう」

　私一人だったら、ニコラスたち二人を助け出すことなどできなかった。きっと、立ち往生したまま三人もろとも火事の犠牲となっていたことだろう。

　私はなんて無謀なことをしてしまったのだろう。

じわじわと私は自分のしでかしてしまったことを理解し始めた。間違いなくレナートは怒っているはず。それから、ライモンドも。あの時ちぎれた腰のリボンを手に、レナートはどんな思いをしただろう。それを思うと、胸がぎゅっと苦しくなった。

私もまた、地面にぺたりと座り込んだ。言い訳のしようがないわ。レナートの部下を、大切な乳兄弟を危険な目に遭わせてしまって、何と謝ったら良いのだろう。いつも優しいレナートに怒られるかと思ったら、身がすくんだ。

「ああ、来たな」

ガブリエーレのつぶやきに、私はびくりとして顔を上げた。護衛の騎士たちに囲まれたレナートとライモンドが走ってくる。

「ミミ！」

「レ、レナー……」

最後まで名前を呼ぶことができなかった。レナートがとてもつらそうな、悲しそうな顔をしていたからだ。

「ミミ！　無事か!?　怪我は？」

レナートはそう叫ぶと、そのままぎゅうっと私を抱きしめた。彼に全力で抱きしめられると苦しくて息ができないけれど、きっとこれ以上のつらい思いをさせてしまったのだと思ったら、私は何も言えなかった。こんな悲しい顔をさせてしまうくらいなら、怒られた方がましだった。

「殿下、殿下、マリーア様が窒息してしまいます」

「あ、す、すまない……。ミミ、本当に、あなたは……」

ライモンドに諫められ、レナートがあわてて少しだけ腕の力を緩めた。その腕の隙間から、私はやっと呼吸をすることができた。

「うう……ご、ごめ……なさい……レナート……」

息も絶え絶えにそう謝る私の顔や体を、怪我がないかレナートは何度も手でさすって確認した。髪が焦げてちりちりになった後頭部で手が止まる。私の顔の煤を拭った彼のシャツの袖が真っ黒に汚れた。

「それについては後で話をしよう。見たところ怪我はなさそうだが、まずは病院に行く。ミミ、動けるか？」

レナートの心配そうに揺れる瞳に、私は胸がいっぱいになってただただ頷いた。しかし、立ち上がろうとするとなぜか足が動かなかった。

「え？　何で？」

そうつぶやいて身じろぎしたら、レナートの肩越しに、同僚の騎士の手を借りて立ち上がるガブリエーレと目が合った。すると、彼はとても気の毒そうな顔をすると、すぐに目を逸らした。そして、とても疲れた様子で、ゆっくりと歩いて行ってしまう。

あの表情はいったい何だろう、そう思いつつ動かない足をよく見ると、私の両足首が太いロープで縛られていた。

「ええー、どういうこと!?」

足首に手を伸ばそうとしたら、今度は手も動かない。それもそのはず、両手首もロープでしっかりと縛られている。

「いつの間にー？　やだ、何で。これじゃ動けないわ！　レナート！」

「そうか、動けないか。それは良かった」

レナートはそう言って美しくほほ笑むと、慌てふためく私を軽々と横抱きにして立ち上がった。

「良かった、って、な、な、何が!?」

「動けないのなら、もうこれで勝手にどこかに行くこともできないだろう」

「レナート!?」

レナートはそのままゆっくりと歩き出した。その後ろをライモンドと一人の護衛騎士が付いてくる。申し訳なさげに眉尻を下げた騎士の手にはロープが握られている。私が反省している間に、彼がいつの間にか手早く私の両手足を縛ったのだ。気付かれずに両手足を縛るって、ルビーニ王国の騎士団どんな訓練してるのよ。

俺は知らねーぞ、と言っていたガブリエーレの顔が浮かぶ。私は頼みの綱のライモンドにすがるような目で振り返った。

「マリーア様、こればっかりはもう私にはどうにも……すみませんね……」

気まずそうにしながら目を逸らしたライモンドがそうつぶやくように言った。彼がこんなことを言うなんて、もう絶望的だ。レナートが許してくれるまで私はこのままなのだ。

なぜか突然拘束され連れて行かれる私の姿に、やじ馬たちが困惑の表情を浮かべる。私は縛られたまま馬車に放り込まれ、超特急で病院へ連行されたのだった。

「本当に、本当に、どうもありがとう。そして、迷惑をかけてごめんなさい」

病院から戻るなり、さっそく私たちのもとへやってきたニコラスが深く頭を下げた。マリリンは足を骨折していたけれど、それ以外は特に怪我らしい怪我はなかったそうだ。今日も一緒に来ると言ってきかなかったそうだけど、ベッドにくくり付けられ商会の皆に監視されているらしい。

私は連行された病院で診てもらった後、ハーララ国の王城へ戻り休憩をしていた。怪我はかすり傷と軽いやけど、煙を吸って少し喉を痛めた程度だった。

「もちろん、あの教会は僕が全額寄付して新しく建て直すよ。それから、お詫びに大聖堂の修復と王城の増築と海岸の港湾工事も僕がほぼ全額出すことで、王様には火事のこと許してもらったんだあ」

ニコラスはそう言って笑った。とても花火でうっかり教会を燃やした人とは思えない朗らかさだった。私の隣に立っていたレナートが呆れ顔でため息をついた。

「ハーララ国王が許したのであれば私が口を出すことではないが……。教会内にあまり人がいなかったおかげで奇跡的に軽傷者しかいなかったが、他人を傷つけたことに変わりはない。また、建物だって新しく建て直せばよいというものではない。思い入れのある者もいたであろうことを忘れるな。過失とはいえ、よく反省するように。……ここがハーララ国で良かったことだ」

ソファのひじかけに頬杖をついたまま、レナートの眉間のしわが深くなる。

「うん、分かってる。周りに燃えやすいものがあるところでもう花火はしないよ」

ニコラスがへらりと笑い、レナートがもう一度長いため息をついた。

「本当にわかっているのだろうか……。それにしても、王城や港の整備まではやりすぎのような気がするが」

「まあ、燃やしちゃったの僕だからね。お金で済むならそれが手っ取り早い。港が整備されると輸出入しやすくなって、巡り巡ってサバラ商会にも恩恵があるだろうし。少しだけ、だけどね」

「ふむ。少しだけ、か？」

「そうだね。ハーララ国は関税が高いし、商人が仕入れ値をやたらと買い叩いてくるから、うちはあんまり取引する気はないんだ。ただ、アッペルグレーン王国がハーララ国との輸出入に力を入れ始めるかもしれない。そうなれば、うちは国内への販売を強化しようかなあって感じぃ」

「なるほど、かなり先まで見越しての投資か」

「ま、そうなったら、手を打とうかなあってぼんやり思ってる程度だけどね」

レナートとニコラスはその後もしばらく商売についての会話を続けていた。ニコラスはルビーニ王国との取引にもあまり乗り気ではないようだった。やはり距離があるため輸送費を考えると割に合わないのだという。

「でも、殿下たちが個人的に欲しいものがあるならすぐに送ってあげるからね」

えへへ、とニコラスは小首を傾げて可愛く笑った。そしてその笑顔のまま、レナートの隣に座る私をじいっと見つめた。

「……んで、マリーアちゃんは、どうしてそんなことになってるの？」

「んんん、んんんん」

やっと聞いてくれたわね。そう言ったつもりだ。ニコラスが不思議そうな表情をして、私を上から下までじっくりと眺める。

私は口にバツ印に絆創膏を貼られ、腰には牛用の手綱をぐるりと回されていた。絆創膏を貼ったのはレナートだし、手綱の先を握っているのもレナートだ。

「ミミは火事の際、煙を吸って喉を痛めているのだ。医師から喉を休めるように言われているので、こうして口を閉じている」

話すことのできない私に代わり、レナートがすらすらとこたえた。

ねえ、手綱の話はしなくていいの？　ニコラスがじっと手綱を見つめているわよ。見たままだから、わざわざ話さなくていいっていう、そういうやつ？

私がモゴモゴしているのを無視して、レナートは持っていた手綱をさらにぎゅうっと握った。ニコラスはしばらく黙っていたけれど、まあいっか、と言って顔を上げた。全然よくない。

「じゃ、僕もう帰るよ。あんまり一人で外出してると、心配したマリリンが病室を飛び出してきちゃうから。二人の結婚式には必ず出席するからねえ。たっくさんお祝い用意しておくから期待して待っててねえ」

「ああ、歓迎する」

「んんん――」

護衛たちに囲まれながらニコラスは大きく手を振って帰って行った。その後ろ姿をしばらく眺めた後、おそるおそる見上げれば、レナートはいつもと変わらない美しい笑顔をこちらに向けた。しかし、その手にはしっかりと手綱を握っている。しかも、その手綱は手首に一度くるりと巻いてから握るという念の入れようだ。

「殿下、ニコラス様の顔見たでしょう。あのぼんやり坊ちゃんでさえ、この状況をおかしいと思うのですよ。そろそろ許してあげましょう、ね？」

ライモンドのなだめる声に、レナートが冷たい瞳を向ける。

「だめだ。目の前で炎の上がる建物に飛び込まれるくらいなら、私の評判など些末なことだ。国に戻るまでこのミミの手綱はけして外さないように」

「……はい。承知いたしました」

ライモンドがしぶしぶ頷いた。

めっちゃ怒ってる。レナートがめっちゃ怒ってる。

私は青ざめたままダラダラと汗をかいて突っ立っていた。ニコラスの訪問を聞いた時、さすがに手綱は外してもらえると思っていた。だが、レナートは私に巻かれた手綱を握ったまま応接室へ移動してしまい、ライモンドも護衛の騎士も動揺していた。

これはまずい。レナートは言い出したら聞かないところがある。普段はわがままを言わない分、こういうおかしなところで王族らしい横暴さを揮ってしまうのだ。謝ろうが何を言おうが、レナートは「対策はこちらですると言っただろう。ミミはそのままでいいんだ」と言って全く聞く耳を持ってくれない。

大変なことになってしまった……。考えれば考えるほど、背筋がぞっとした。このままでは、レナートは婚約者を縄で縛って連れまわす嗜好の人だと思われてしまうわ。

いつの間にか私に巻かれた手綱を握っているガブリエーレが、私の心の声に返事をした。

「本人がいいって言ってるならいいんじゃないか？」

「んーんー、んん？」

「お前みてーな分かりやすい奴、顔見てりゃ何考えてるかすぐ分かるんだよ。あれはもう何を言っても無理だな。ルビーニ王国に戻るまではこのままで我慢しろよ」

「んんん、んん？」

「ああ、レナートならライモンドと一緒にハーララ国王に出立の挨拶に行った。初めはお前も連れて行くって言ってたんだけどよぉ、俺が手綱持っててやるからって言い聞かせて二人で行かせたんだ。感謝しろよな」

あやうく手綱をつけられたまま謁見することになるところだった。私は素直に頷いた。

ガブリエーレもまた、かすり傷と軽いやけど以外の怪我はなかった。被害があったとすれば、ちょっと焦げた姿で大柄のマリリンを抱きかかえていたことから、近衛騎士団の間では「火事場のガブリエーレ」というおかしなあだ名が付けられたくらいのものだ。レナートの乳兄弟である彼にとっては、それも些末なことにすぎないらしい。

「まあ、俺たちにしてみれば、お前は縛られてるくらいの方が護衛しやすくて助かるぜ」

そう言ってガブリエーレは豪快に笑った。周りの護衛騎士たちの顔を見れば、そんな風に思っているのは彼だけだということは一目瞭然だ。

国王への挨拶を済ませたレナートが戻るとすぐに私は馬車に放り込まれた。

教会の火事のせいで、出発の時間が大幅に遅れてしまった。馬車は王太子を乗せているとは思えないスピードで走っている。この国独自のめずらしい色のレンガの建物や、色付きのガラスも見納めだ。次に見られるのはいつのことだろう。私は窓に張り付いて景色を目に焼き付けた。

喉の痛みが引いたので、口の絆創膏は外された。薬はもういらないと思うのだけれど、レナートが嬉々として私に薬を飲ませようとするので、断れずにきちんと一日三回飲んでいる。喉の薬にはよく眠れる作用も含まれていて、私はルビーニ王国までの道のりをほとんど眠って過ごした。

「そこまで眠くなるはずはないんですけどねえ」

「ミミはあまり薬を飲まないらしいから、よく効くのだろう」

うとうととぼんやりした頭で、ライモンドとレナートの会話を聞きながら私は眠り続けた。途中で宿泊した土地の美味しい食事と十分な休息のおかげで、私は出発前よりも元気に回復してルビーニ王国へ帰国したのだった。

「ただいまー！　みんなー！」

　レナートの手を借りて馬車を降りると、アイーダやプラチドをはじめ、王城の皆が出迎えてくれた。誘拐騒動や火事の話は事前に伝えられていたのだろう、私の腰に巻かれた手綱については誰も触れなかった。

「ミミ！　お帰りなさい。……本当に、あなたはもう……」

「ミミちゃん、ミミちゃん。無事で良かった」

　顔を見るなりアイーダと王妃様に抱きしめられ、皆をひどく心配させてしまったことを改めて深く反省した。腰の手綱は王城の自室に入るとやっと外された。久しぶりの自由を満喫し、ゆっくりとお風呂に入り、ロザリアから派遣された侍女たちに念入りに体中をマッサージされてぐっすり眠った。

　そして、翌朝、気持ちよく目が覚めた私は部屋に監禁されていた。

「え？　どういうこと？」

部屋の扉には外から鍵が掛けられていた。窓も外から板が張り付けられ、陽は入るようになっているが開かないようになっている。私の身支度や食事を用意した侍女たちも、部屋の出入りの際は護衛騎士に連れられ、けして私を扉に近付けない念の入れよう。

こうなったら扉をぶち破ってレナートのもとへ行って話を聞くしかない。助走をつけて扉に体当たりをしようとした直前、アイーダがしずしずと部屋に入って来た。

「アイーダ！　どうなってるの、これ？　部屋から出られないなんて」

私が声を上げると、アイーダがきりりと眉を上げ私をじろりと睨む。出迎えの時とはうって変わった冷たい態度に、私は思わず口をぽかんと開けたまま言葉を失った。そんな私をもう一睨みして、アイーダが口を開く。

「ミミ。あなたは国王陛下から謹慎を命じられました。一か月間、この部屋から一歩たりとも外に出ることは許されません。……心当たりがある、わね？」

最後にきゅっと眉をひそめたアイーダがまばたきもせずに私をきっとねめつけた。それに怯んだ私はおずおずと後ずさりする。

「ええと、心当たりはいっぱいあるのだけれど……」

「そう、いっぱいあるのね」

「あっ、いえ、あの、やっぱり……ええと……レナートを置いてニコラスたちを助けに行ったこと、かしら」

じとりとしたアイーダの視線に、私はつばを飲みこんだ。違ったのかしら。火事じゃなければ、ええと、レナートを置いて迷子を連れて行ったことかしら、それとも、誘拐されたレナートと間違えてニコラスを助けたことかしら。

「まだ理解していないようね」

アイーダが私の前を素通りして、ソファに腰掛けた。背筋はピンと伸びて、口元を扇で隠した王族らしい振る舞いをみせる。他人行儀な彼女の態度に、私はだらだらと冷や汗をかいた。

「座りなさい、ミミ」

アイーダに促され、私は身を縮めてソファに座った。侍女が私たちの前にお茶を出し、すぐに壁際に下がっていった。いつもは明るく大らかな彼女たちも、今日は皆困ったように眉を下げてうつむいてしまっている。

「ミミ、よく聞いてちょうだい。今回のハーララ国訪問で起きた騒動について、陛下から関係者全員に処分が下されました。あなたについてはさっき言った通り、一か月間の謹慎。勝手に部屋を出れば、それを止めることのできなかった侍女、部屋の見張りの騎士も一緒に罰が与えられます」

「そんな！　悪いのは私だけなのに！」

アイーダの言葉に私は即座に叫んだ。

「ミミはもうアンノヴァッツィ公爵家のただの令嬢ではないの。ましてや、護衛の兵士でもないのよ。あなたは次期王太子妃、そしてゆくゆくは王妃なのよ。特に、炎の上がる建物に自ら飛び込んだことが問題になっているわ。陛下は、あなたにはその自覚がなさすぎる、と判断なされたのよ」

私は大きく息を呑んだ。私が言葉を失くしたのを確認して、アイーダは続けた。

「次期王妃を危険にさらした、という理由で、レナート殿下も同様に一か月間の公務以外での外出禁止処分。領地収入の三か月分を国庫に返納。ライモンド様とガブリエーレ様も一か月の謹慎処分。ガブリエーレ様はレナート殿下のお傍を離れたということで、一か月分の減給も加わったわ」

「えっ、えっ、まままま、待って。勝手に火事に飛び込んだのは私なのよ！　誰も悪くないわ、全部私が」

「ミミの身は、もうあなただけのものじゃないのよ。わかる？」

私は愕然として、もう体に力が入らなくなりソファに倒れ込んだ。そんな、私のせいで皆に罰が与えられてしまうだなんて。

「それから、同行した護衛騎士や侍女たちも一週間分の減給処分。ミミ専属の護衛を付けなかった騎士団長も、今回は同行していなかったけれど一週間の謹慎処分となったわ」

「そんな……それは、自衛できるから護衛なんていらない、って私が断ったのよ……」

私はもう体勢を保つこともできなくなって、ソファからずるずるとすべり落ち、床に両手をついた。あまりのショックに涙も出ない。

「私、何でもするわ。どんな罰だって受ける。お願い、陛下に会わせて。皆の処分をどうか撤回してもらえるようにお願いするわ」

「だめよ、ミミ。一歩でも部屋を出たら、侍女と騎士が処分されるわ。陛下が一度下した処分は絶対なの。撤回されることはないのよ」

「あわわ……」

がっくりとうなだれる私をしばらくの間見下ろしていたアイーダは、紅茶を一口飲み、扇でポンと一度手を叩いた。もう顔を上げる気力もなかった私は、その音に視線だけを上げた。

「何でもすると言ったわね、ミミ」

「するわ！　皆のためなら、私何だってする！」

「そう。それを聞いて安心したわ」

扇を開いてゆっくりと口元を隠したアイーダが笑う。

「ミミの一か月の謹慎の間、私はあなたにしっかりと王太子妃教育をするようにと仰せつかったのよ」

「うげっ……」

「あなたが一か月で成長できなかったら、私も罰を受けてしまうの。でも、何でもするって言ってくれたものね。うふふ、安心したわ」

「は……はひ……」

淑女教育もままならなかった私に王太子妃教育なんて……。でも、泣き言は言ってられない。アイーダにまで罰が与えられてしまったら、もうここにはいられなくなってしまうわ。

「そうそう、私の王太子妃教育以外の時間には、ロザリア様の授業があります。あなたはすぐに動きやすさで服装を選んでしまうけれど、ドレスコードについてや女性らしいオシャレについても学びましょうね」

「ええ――っ」

「何でもすると言ったのはあなたよ、ミミ」

「うう………前にもこんなことがあった気がするわ……」

「がんばりましょうね、ミミ」

にっこりとほほ笑むアイーダはいつにも増してとても美しかった。私はもう返事をする気力もなくて、床に座り込んだまましばらくの間放心していた。

こうして、ハーララ国から帰国した翌日から私の監禁生活は始まってしまったのだった。

＊＊＊＊＊

「アイーダ様、お疲れ様です。どうぞおかけください」

プラチドに手を引かれ、レナートの執務室にやってきたアイーダに、ライモンドがにこやかに声をかける。そんな彼の顔を見たアイーダは、ぱちりと瞬いた。

「ライモンド様、お戻りだったのですね。まだ休暇中なのでは？」

ソファに腰掛けたアイーダとプラチドの前に紅茶を出すと、ライモンドはまだ執務机に向かっているレナートをちらりと見やった。

「ええ。一週間ほど実家の領地へ戻ってゆっくりと過ごさせていただきました。これ以上の休暇はさすがに殿下のことが心配になりますので、こうして働いている方が気が楽なのです。他の側近に割り振ったとはいえ、ひと月も休めばやはり仕事は溜まってしまいますからね」

「はは、ライモンドらしいなあ」

プラチドもまたそう言って笑った後、レナートを振り返った。手にしていた羽根ペンをやっと置いたレナートがインク壺を倒さないように慎重に立ち上がり、プラチドとアイーダの向かいのソファにどさりと腰かけた。

「はあ、こうなることは分かってはいたが、やはり書類の山を見るとうんざりするな」

「僕も頑張ったんだけど、どうしても兄上じゃないと決裁できないことって多いんだよね。それにこういう時に限って細々と特急の案件が入ったりして、余計にそういうのは後回しにしちゃったんだ。ごめんね」

そう言ってプラチドが苦笑いする。レナートはライモンドが淹れた熱い紅茶に口をつけるとちらりとアイーダに視線を移した。

「それで、ミミの様子はどうだろうか。部屋に閉じ込めてしまったが、元気にしているだろうか」

眉をひそめ厳しい表情をしつつも、レナートの声はとても心配そうだ。彼のそんな様子に目を細めたアイーダが口を開く。

「はい。この三週間、ミミは言いつけを守り部屋から一歩も外に出ていないようです。一日三回の食事と午前と午後のおやつもしっかり食べ、早朝に室内でできる鍛錬をこなし、毎晩八時間ぐっすり眠っていますわ。体調面はとくに問題ありません」

レナートの斜め後ろに控えていたライモンドが呆れたように眼鏡を上げ直す。

「八時間……。ハーララ国からの帰りの一週間、馬車の中でほとんど眠っていたというのによく眠れますね。うらやましい限りです」

「寝る子は育つというから、ミミは成長期なのかもしれないな」

ライモンドとレナートの軽口に、プラチドが噴き出し、思い出し笑いをする。

「あはは、ミミちゃんは成長したらお父上のアンノヴァッツィ公爵みたいになるらしいよ。テオと同じで、子供の頃のミミちゃんは公爵似らしいから」

「それは、……少し、困る、……かもしれないな」

三人の姿を思い浮かべたレナートが言葉に詰まる。

「……王太子妃教育は進んでいるのだろうか」

レナートの問いに、アイーダがしっかりと頷く。それを見たレナートとライモンドがほっと息をついた。

「自分の振る舞いのせいで連帯責任となってしまったことを、ミミは深く反省しています。今まではあまり身の入っていなかった勉強にも真剣に取り組んでいるようです。そのうちこっそり部屋を抜け出すだろうと思っていたのですが、そんな様子も見せずに毎日真面目に反省と感謝を繰り返して過ごしています。……ミミをだましていることが本当に心苦しくて……私……」

アイーダはそう言って、うつむいてしまった。あわててプラチドがその手を取る。そのまま黙りこくってしまったアイーダをなぐさめるように、肩をさすった。

「大丈夫、だましているわけじゃないさ。兄上がひと月私的な外出をできないのも、ライモンドとガブリエーレがひと月は登城しないのも本当のことだから」

「でも、それだって……」

アイーダは口元を手で押さえ、涙ぐんでしまった。その場を取り繕うように、ライモンドがことさら明るい笑顔を見せる。

「そうですよ、全て本当のことです。殿下はマリーア様に甘いので処罰は国王陛下から、と手を回したのは私です。アイーダ様は何も気に病む必要はありません。あ、これ我が家の領地で人気のあるお菓子です。お土産に買ってまいりましたので、どうぞお召し上がりください」

涙ぐみつつも、アイーダは勧められたリンゴのパイに手を伸ばす。ミミちゃんにちょっと似てきたな、と思いつつプラチドはそれをほほ笑ましく眺めた。

レナートは元より、帰国後は溜まっている仕事を片付けるためにひと月近く休みなく執務室にこもる予定だった。国庫へ返還した、数ある中の一つである領地の収入は、元より国の福祉関係の予備費として毎月寄付していたものである。寄付が返還と名を変えただけのことだ。ライモンドとガブリエーレは、ハーララ国へ同行した際の休日出勤と時間外の振替休日と溜まっていた有給を使って、ひと月の休暇が事前に決まっていた。ガブリエーレをはじめ、同行した騎士と侍女は減給処分にした以上の額を加算して出張手当と時間外手当を出している。ついでに騎士団長もしばらく有給を取っていなかったので、どさくさ紛れに無理やり休暇を取らせた。

「まあ、つまり……ミミ以外は誰も処罰を受けていないわけなのだが……ミミにはかなり応えたようだな」

レナートのつぶやきに、全員が顔を見合わせて苦笑いした。足を組み直したレナートがそっと目を閉じて、自分に言い聞かせるかのように話し始める。

「ミミにはなるべく自由にさせたいと思ってはいるが、人助けとはいえ炎の中に突っ走っていくのは容認できない。かわいそうだが、一度ショックを与えて自分の立場を自覚させなければならない。かわいそうだが」

かわいそうって二回言った、と全員が思ったが、誰も口にしない。図らずもレナートはミミに会えないという罰を自ら受けてしまっているのだから。レナート自身もまた、かわいそうなのかもしれない。

「これから先、私はミミよりも公務を優先しなければならない場面もあるだろう。そういう時には、ミミには自分で判断して身を守ってもらわなければならないのだ」

そう言った後、はあ、とレナートは大きなため息をついた。

　レナートの執務室を出たプラチドとアイーダは、そのままアイーダの庭へ向かった。薔薇の季節が終わり、今はダリアが見頃だと言う。庭に通じる扉を抜け、大輪の花で飾られたアーチをくぐった。

「そういえば兄上たちは、平民たちに混じって模擬結婚式を挙げたらしいね。フラワーアーチについた鐘を鳴らして……」

「……ええ、そして火事に巻き込まれた、とおっしゃっていたわね」

　プラチドが濁した言葉をアイーダが控えめに引き継いだ。マリーアは引き止めるレナートの手を振りきって、自ら飛び込んで行ったという。目をつむれば彼女のその姿をまざまざとまぶたに浮かべることができる。

「あれ？」

　アイーダの手を引いて歩いていたプラチドが声を漏らす。数歩先の足元にある敷石の向こうに、灰色の丸いものが転がっていた。目をこらすと、覚えのある小さなしっぽが見える。あれはパオリーノのお尻だ。

「どうしてこんなところに？」

「プラチドー！」

パオリーノを拾おうと屈んだプラチドの頭上を、どこからきたのかテオドリーコが飛び越えて行った。そして、そのまま空中で回転して難なく着地する。

「テオ、いきなり飛びついてはダメって言ってるでしょう。アンノヴァッツィ家以外の人は怪我をしてしまうのよ」

アイーダに叱られ、テオドリーコは悪びれる様子もなく照れ笑いしている。

あの勢いで激突されていたらどうなっていたことやら。しかも、確実に顔を狙っていたような気がする。プラチドは屈んだまま青ざめた。本当にこの子に助けられる時が来るとは。パオリーノをぎゅっと抱きしめる。

「まさかパオリーノをくれた本人に襲われるとは思わなかったけれど……」

テオドリーコは本来の予定通りだとすでにムーロ王国に帰っているはずだった。しかし、ここルビーニ王国騎士団との合同練習にさらに居残った弟子たちと共に、まだ王城に滞在したままでいるのだ。人見知りせず我が物顔で過ごしているテオドリーコもテオドリーコだが、大切な跡継ぎを他国に数か月も放っておいている親も親だ。さすがアンノヴァッツィ公爵家。

「プラチド、おしごといっぱいしてたってレナート様が言ってたよ。がんばっててえらいね」

テオドリーコがうんと背伸びして手を伸ばしているので、しゃがんで頭を差し出した。小さな手で一生懸命撫でてくれるので、実は密かに溜まっていた疲れが少しだけ和らいだ。

「ありがとう、テオ兄上」

「うん。そくさいにくらすが良いぞ」

腕を組み、うんうん、と頷いたテオドリーコはなかなか様になっている。きっと父親である公爵の真似なのだろう。アイーダも口元を押さえて笑いをこらえていた。

まだこんなに小さいのに大人のことをよく観察している。プラチドは感心した。子供の成長の速さにも、兄であるレナートの言葉にも。レナートの言う通り、来年になればテオドリーコはもう、自分が兄だ、などとは言わなくなってしまうだろう。

「プラチド殿下、何を笑っていますの？」

アイーダにそう問われ、プラチドは自分が笑っているのに気が付いた。

「いや、もうすぐテオが帰っちゃうのかと思ったらさみしくって」

「あら、さみしくて笑ってましたの？」

「そう、いつまで僕の兄上でいてくれるのかなって思ってさ」

プラチドの言葉にアイーダがほほ笑む。ガサガサと頭上で音がして、三人は顔を上げた。近くの木の枝がたわみ、白い鳥が飛び立って行く。のけぞるようにしてその鳥を目で追っていたテオドリーコが振り返った。

「僕、ミミ姉さまのお庭で遊んで来る。プラチドとアイーダちゃんも来ていいよ」

「行っておいで、テオ兄上。僕たちも後から行けたら行くよ」

プラチドが手を振ると、テオドリーコが声を上げて笑った。

「あはは、それ、ぜったい来ないやつだ！　姉さまたちがよく言うもん！　じゃあね、ばいばい」

花のアーチをくぐり遠くなってゆくテオドリーコの小さな背中に、木々の隙間から差す木漏れ日がちらちらと瞬いていた。


あれから数日が経ち――。

なぜあんな場所にパオリーノが落ちていたのか。どうしても気になったプラチドは側近に調査させた。ただのぬいぐるみであろうと、第二王子の執務室から誰かが勝手に持ち出したのであれば、それは大問題だ。しかし、理由はあっけなくすぐに判明した。部屋の掃除をしていたメイドがパオリーノをベランダで陰干ししていたのが、風に飛ばされ階下の地面に落ちたようだ。プラチドの執務室からアイーダの庭までは距離がある。きっとベランダから落ちた後、鳥か猫に運ばれたのだろう。多分。きっと。おそらく。

まさかパオリーノが僕を助けるために自力で歩いてきたわけではないだろうし。うん、そういうことにしよう。プラチドは調査を終了させた。

もうすぐマリーアの謹慎が解ける。騎士団をはじめ、王城の使用人たちもそわそわと浮足立っている。テオドリーコが王城中を駆け回っていたので賑やかさは変わらなかったものの、やはり彼女から元気をもらっていた者たちも多い。皆がマリーアに会えるのを楽しみにしていた。甘やかしてしまうから、という理由で、レナートと同様に彼女の部屋に近付かせてもらえなかった王妃は、ここ数日特に落ち着きをなくしている。

「あら、この方……」

アイーダが手に持っていたリストに目を落としながらつぶやいた。

プラチドとアイーダは、庭の木陰にあるベンチに並んで座っていた。先ほどまでは来週出発する新婚旅行の予定表を確認していた。今は息抜きと気晴らしを兼ねてレナートとマリーアの結婚式の招待者リストを眺めている。先ほどライモンドから手渡されたばかりのものだ。ライモンドたち側近が、爵位や貴族の派閥などを入念に考慮して作成した席順に文句などあるはずもないのだが、一応、全ての王族に確認しなければならないそうだ。

「ん？　ジャコモ・モンジェッリ……知り合い？」

アイーダの指先が止まったところにある名前を読み上げた。マリーアの友人欄にある名前だ。その隣には、ヴィヴィアーナという妻の名も並んでいる。アイーダは夏季休暇には毎年ムーロ王国を訪れていた。マリーアの友人と面識があってもおかしくはない。

「いいえ、……お会いしたことはないのですが、耳にしたことのある名前があったものだから……ふふ、思わず」

意味深にアイーダが含み笑いをした。面白そうな話が始まる予感にプラチドは身を乗り出す。マリーアの友人のことでアイーダが笑い出すだなんて、きっと何か興味深いことがあるに違いない。

「ミミ本人は何も言っていないのですけれど、きっとこのジャコモという方は、ミミの初恋のお相手ではないかしら」

「ええっ!?」

　予想外の話が始まってしまい、思わずプラチドは声を上げた。プラチド的には、マリーアと一緒にこんなハプニングを起こしたとか、そういったエピソードを期待していたのに、そんな甘酸っぱい話が始まるとは思っていなかった。

「いえ、多分そうじゃないかしら、と私が勝手に思っているだけなの。ジャコモという方はムーロ王国のミミの同級生で、まだミミが次期公爵の身分だった時の婚約者候補だそうよ。確か伯爵家の次男で、家柄もつり合っていたはず。そういう方はたくさんいたらしいけれど、その中でも特にこの方とは懇意にしていたとか」

　思ってもみなかった話の内容に、プラチドは驚いた。まさに幼い時から仲の良いアイーダならではの話だ。しかし、その初恋のお相手は既婚。次期公爵の座を退いた後に、マリーアはジャコモに振られてしまったのだろうか。何とも複雑で切ない話だ。

「ミミがこの方をどう思っているとか聞いたわけではないの。でも、いつだったかしら。たまたま、このジャコモという方の話になって……確か、真っ赤なサクランボの載った甘いプリンのような人だって言っていたの」

「甘い、プリン……」

「そうなの。詩作の授業では百点中二十点しか取ったことのないミミが、彼のことをそんな風に詩的に表現をしたものだから、てっきり彼を好きなのだと思ったのだけど」

「百点中二十点」

「そう、ちなみにその二十点は字が上手だからもらった点数よ。頬を赤くしてうっとりとした様子で、ジャコモは甘いプリンのような人よ、だなんて言うくらいだもの。少なからず彼に好意は持っていたのだと思うわ」

「ふうん。そんなことを言われたら、きっと僕もそう思っちゃうだろうなあ」

　プラチドは顎に手を添え、頷いた。

「ミミちゃんてモテない、モテない、って言ってたから、そんな人はいないと思っていたけど、意外とそういう相手がいたんだ……。ミミちゃんは面食いだから、さぞかし見目の良い人なんだろうね」

「ふふっ。そして、プリンのようにとても甘い言葉をささやく方なのかもしれないわね」

「……そんな奴、イレネオだけで十分だよ……」

　あのミミちゃんに、そんな浮いた話があったとは。何はともあれレナート兄上には聞かせたくない話だな。

　そう思いながら、ベンチに背を大きくもたれさせ空を見上げた。

　――その背後に、レナートとライモンドがいるとは露程も思わずに。

　気分転換に庭を散歩していたレナートは、偶然プラチドとアイーダの会話を耳にしてしまった。

ベンチに腰掛けて談笑する彼らの後ろ姿を見つけ、声をかけようと思った矢先に自分の婚約者の昔話が始まってしまったのだ。これはけして盗み聞きなどではなく、不可抗力によるものである。

　そっと踵を返したレナートは、すぐ隣で顔色を悪くしているライモンドを連れて自分の執務室に戻った。そして、自分の結婚式の参加者リストを開く。

「殿下。マリーア様のお心には殿下しかいないのは、誰がどう見ても確かなことで」

「ライモンド。ジャコモ・モンジェッリがどういう人物か調べろ」

「殿下、そのジャコモとやらを調べてどうなさるおつもりで」

「どうもしない。ただ、気になるだけだ」

「気になる、だけ」

　何かを言いたげに口を歪めるライモンドをよそに、レナートは羽根ペンを手に取り仕事の続きに取りかかった。

「ミミがあのように他人の人柄を表現するのだ。さぞかし思い入れのある人物なのだろう。お前も興味があるだろう、甘いプリンのような男に」

「はあ、確かに興味があるかないかと言えば、まあ、ありますが……わかりましたよ、調べてみましょう」

　ライモンドは腕を組んで少し考えた後、何かを思いついたのか中指で眼鏡を上げ、さっと執務室を出て行った。

＊＊＊＊＊

あれからきっかりひと月。やっと部屋から出ることができる。

せっかくテオドリーコがいるのに一緒に遊べないなんて。天気が良いのに部屋でじっとしているなんてもったいないし、そろそろ騎士団の朝練にも参加したい。そして、そんなことより何よりも、レナートに会いたい。何度も何度もこっそり部屋を抜け出そうと思ったけれど、それじゃあいけないって我慢した。

私を逃してしまった護衛騎士は罰を受けてしまうし、私を教育したアイーダも怒られてしまう。誰にも見つからないように部屋を出られたとしても、うっかり私が怪我をしてしまったりしたら、たくさんの人に心配をかけてしまう。

一か月間、部屋を出ない、という皆との約束を、私は破るわけにはいかないのだ。

アイーダから受けた王太子妃教育は、今までの私の常識とは全く違うものだった。公爵の当主としての勉強をしてきたからそれなりになんとかなるだろう、と思っていた私は王太子妃教育には今まであまり真面目に取り組んでこなかった。しかし、王族を守る者と、守られる王族とではこんなにも違うのだと改めて実感した。

アイーダの王太子妃教育の後には、ロザリアの淑女の嗜み講座があった。

「まああ、嫌ねえ。こんなことも知らないなんて。こんな方が我が国の王太子妃になるだなんてぞっとしてしまいますわ」

いつもの罵倒から始まった嗜み講座もまた、私にとって未知の領域だった。

香水に香り以外の違いがあるのも知らなかったし、植物以外の原料があることも知らなかった。たくさんの香水を嗅がされ、数日間鼻が利かなくなったこともある。

「残り香でそこにどなたがいたのかが分かる場合もありますわよ。王族には珍しい香水などが献上されることも多いですから、覚えておけばいつか役に立つこともあるでしょう」

ロザリアもアイーダも、サンデルス帝国のアンシェリーン皇女の特徴的な香水を覚えて、怪しげな呪術師を連れ歩く彼女をうまく避けていたそうだ。

ロザリアからは、そういった知識だけでなく、美容の知識も基礎から叩きこまれた。顔の洗い方から手入れの仕方。火事で燃えてしまった髪は彼女が連れてきた一流の美容師が上手に切ってくれた。その代わりものすごく怒られたけれど……。

このひと月で私はたくさん成長したはずだ。

こちらをちらりと見た侍女が、私の目を見て小さく頷く。そして、ゆっくりと部屋の扉を開けた。廊下から人の気配はするものの、物音一つ聞こえない。私は体の横で握った拳にぐっと一度力を入れ、部屋の外へ踏み出した。

廊下にずらりと並び、固唾を呑んでそれを見守っていた侍女たちは息を止めている。

「やったあー！　外に出れたわ！」

私の叫び声に、侍女や護衛騎士たちが飛び上がって喜ぶ。

「マリーア様ー！」

「お会いしたかったです！」

「この日がどんなに待ち遠しかったことか！」

「マリーア様にお話ししたいことがたくさんございます！」

彼女たちと手を取り合って再会を喜んでいると、黙ったままその様子を笑顔で見ていたアイーダが口を開いた。

「ミミ、そろそろ行きましょう。レナート殿下がお待ちよ」

アイーダの言葉に、廊下が一気に静まりかえる。

「わ、わかったわ。行きましょう」

私は覚悟を決めて大きく頷いた。反省の度合いと勉強の進み具合次第では、私の謹慎は延長になるかもしれないのだ。

護衛騎士を先頭に、私とアイーダが並んで歩いた。その後ろにはなぜか侍女たちもぞろぞろと続いている。謹慎が明けるのかどうかの確認と、私とレナートの感動の再会を見届けるのだそうだ。

謹慎はたったひと月だというのに、廊下の窓から見える庭の木々は以前よりも茂っているように見えるし、空が高くなったように思えた。

焼けて短くなったせいで跳ねる髪は、ロザリアが可愛らしく結ってくれた。太らないように筋トレも欠かさなかったから、服のサイズも変わらなかった。レナートが以前贈ってくれた可愛いドレスもすんなり入った。私の見た目は以前とほぼ変わらないはず。

でも、少し会わない間にレナートの気持ちが変わってしまっていたらどうしよう。勝手な行動ばかりとる私に愛想をつかしてしまっていたら。ううん、レナートに限ってそんなことはないはず。でも、それでも……。

そんな葛藤をしている私なんてお構いなしに、護衛の騎士がレナートの執務室の扉をノックしてしまった。すぐにライモンドの声が聞こえ、入室の許可が下りる。

心の準備もできないままに、あっという間に扉が開いた。執務室の景色が広がるよりも先に、こちらを凝視しているレナートの姿が目に飛び込んで来る。扉のそばで私の訪問を待っていてくれたのだ。さっきまでの不安なんて一瞬で消え去った。

「ミミ！」

レナートの声が聞こえたと思ったら、目の前が真っ暗になった。何度も瞬くと、うっすらとレナートのウェストコートの刺繍が見えた。私はレナートにぎゅうぎゅうと抱きしめられていた。彼の匂いも温かさも、そして相変わらずの腕力も懐かしくて、私は頬をその胸に強く押し付けた。でもなぜだろう、少しずつ意識が遠のいてゆく……。

「殿下！　殿下！　マリーア様が窒息してしまいます」

「あ、ああ、すまない」

やっと腕から解放され、私は大きく息を吸った。ちょっと気が遠くなりかけたけれど、それすらも嬉しかった。踊り出したいのをぐっとこらえ、スカートを軽く持ち上げてゆっくりと膝を折る。アイーダと一緒に何度も練習した淑女の礼だ。

「この度は皆様に多大なご迷惑とご心配をおかけしてしまって申し訳ありません。この一か月間、深く反省し心を入れ替えました。これからも皆さんの期待に応えられるよう、日々励みます」

私はそう話した後、おそるおそる視線を上げた。

レナートはまっすぐに私を見たまま、口元にわずかに笑みを浮かべていた。その後方ではライモンドが感動に震える一方で、ガブリエーレが笑いをこらえて震えていた。

「ミミ……よく頑張ったね。ミミは立派だよ」

レナートの短いけれど心のこもった称賛の言葉に、私は胸がいっぱいになった。みるみる目の前の景色がぼやけてきて、私の瞳からボロボロと涙がこぼれる。足ががくがくと揺れて力が入らなくなり、そのまま膝から崩れて床に手をついた。

「うわ——ん。勝手なことばかりしてごめんなさーい。私のせいで皆、罰せられてしまって本当にごめんなさい、ごめんなさい」

そう叫ぶとさらに涙は止まらなくなってしまい、私はわんわんと声を上げて泣いた。レナートは驚いて一度は手を差し出そうとしたけれど、そのまま私を泣かせてくれた。

「ミミ……」

後ろで静かに控えていたアイーダが駆け寄って来て、私の肩を抱いた。そして、一緒に大粒の涙を流してもらい泣きする。

「アイーダ、何で君まで」

あわてて飛んできたプラチドが床に膝をついてアイーダの肩に手を添えた。

「何だ、この光景……」

三人並んで肩を組み床に膝をついている姿を見たガブリエーレが独《ひと》り言《ご》ちた。

「だって、だって、ミミは本当に一生懸命勉強したんです。今までじっとしていたことのないミミがあんなに我慢して部屋の中でおとなしくして……頑張ったわね、本当にあなたは立派よ」

指導中のアイーダは本当に厳しかった。でも、こうして私を抱きしめてくれる手は昔と変わらずとても温かい。私たちはわんわんと声を上げて泣いた。廊下から部屋を覗いていた侍女たちももらい泣きし始めてしまい、レナートや騎士たちではどうすることもできずに収拾がつかなくなってしまった。

「うわーん、アイーダ。今まで王太子妃教育をサボってごめんなさい。私が手を抜いても代わりにアイーダが完璧にやってくれるだろうから、何とかなると思っていたの」

「……そんなこと思っていたのね」

ちょっとだけアイーダの涙が引っ込んだ。アイーダの手が緩んだので、抱き合って泣いていた私たちはやっと身を起こした。プラチドが手を貸し、アイーダが立ち上がる。もちろん、私にはレナートの手が差し伸べられた。

「ミミ、分かってくれたらそれでいいんだ。これからは以前と同じように元気に王城を駆けまわっていいんだよ」

「レナート……」

立ち上がった私は、そのままレナートにぎゅうっと抱き着いた。私が飛びついたって、もちろんレナートはびくともしない。

「私、勉強してすごく成長したわ。でも、今までの私と変わらないこと、いいえ、絶対に変えてはいけないことにも気付いたの」

「ほう、それはいったい」

私は身を起こして、まっすぐにレナートの空色の瞳を見上げた。このひと月の間、ずっと、ずっと、見たいと思っていた澄んだ青い瞳だ。

「私は守る側、守られる側、どちらであってもレナートを守るわ！　力が尽きるまで、いいえ、力が尽きようとも必ず守る。これだけは、絶対に、譲らない」

私はそうはっきりと声を上げて言った。レナートがぱちくりと目を瞬かせる。

後ろの方で侍女たちと護衛騎士たちが、わあっ、と声を上げ、拍手が鳴り響いた。

「あなたはまたそんなことを……」

そう優しく叱りながらも、レナートは嬉しそうに目を細め、私を再び抱きしめた。それを見ていた侍女たちが、きゃあ、と歓声を上げた。

レナートの執務室から聞こえていた大勢の泣き声、拍手。そして、最後に上がった侍女たちの歓声。その日は、王城にいた人々が何度もレナートの執務室のある階を見上げていたそうだ。

　感動の再会を果たした私とレナートだったけれど、いち早く冷静になったライモンドによって、私たちは執務室を追い出された。レナートが忙しいのは、以前と全く変わらないようだ。確かに机の上の書類の山が増えていたような気がする。

　泣いて目を腫らした侍女たちは持ち場に戻り、アイーダもプラチドに連れられ部屋に帰って行った。私は護衛騎士を連れて、馬丁やメイドなど王城中の使用人たちに久しぶりの挨拶まわりをしつつ、弟のテオドリーコの姿を捜した。

「ねえ、謹慎中とはいえ、テオは私の部屋に会いに来るのは許されていたはずよ。どうして遊びに来てくれなかったのかしら」

　そうぼやくと、隣を歩く護衛騎士は困ったように苦笑いした。

「テオドリーコ様は賢いですから、きっと謹慎の意味を知って遠慮なさっていたのでしょう」

「確かにテオは賢くて可愛くていい子なんだけどー、お姉さまはさみしいわ」

　テオドリーコは王城の居心地が良くて長居しているようだけれど、そろそろムーロ王国へ帰らなければならない頃だ。今のうちに思う存分一緒に遊び倒しておきたい。私が王太子妃になったら、そうそう帰国することはかなわなくなってしまう。

馴染みの庭師にも会いに行こうと中庭に出ると、キャッキャとメイドたちの楽しそうな声が聞こえた。彼女たちはじょうろを片手に談笑しながら花壇に水をやっている。

あの中の数人は、レナートのお出迎えの演出で人手が足りない時に手伝ってもらった娘たちだ。声をかけようと近付いて行くと、私とは反対方向から芝生を踏んで駆け寄る足音が聞こえた。

「やあ、かわいいコネコちゃんたち。きみたちにお水をもらえるだなんて、このお花さんたちはなんてしあわせなのだろう」

こちらに背を向けているメイドたちは、楽しそうに声を上げて笑っている。私は聞き覚えのある、いや、ありすぎる可愛らしい声に、耳を疑った。

「どうか僕にもそのしあわせをすこし分けておくれ。これからいっしょに、すべり台であそばないかい？」

「きゃあ、可愛いー！」

「うわ――――！」

メイドたちを押しのけて飛び出した先には、壁に片手をつき、きりっとキメ顔でほほ笑むテオドリーコがいた。愛らしい見た目とそのキザったらしい仕草のギャップにメイドたちが頬を赤く染め、私は悲鳴を上げた。

「テテテテ、テオ――――！　何してるの!?」

「あ、ミミ姉さま！」

私の顔を見るとすぐにテオドリーコはいつも通りに戻り、嬉しそうに駆け寄って来た。さっきのキザな姿は見間違いであってほしい。

「姉さま、ひさしぶり」

「久しぶりね……っていうか、どうして一度も会いに来てくれなかったの」

「んー、行こうと思ってたんだけど、姉さまのおへやに行くとちゅうにおもしろいものがいっぱいあって、わすれてたー」

「忘れてた……ですって……」

私は両手でテオドリーコの肩を掴み、ガクリとうなだれた。メイドたちも気の毒そうな顔で遠巻きにして私を見ている。

「そんなことより、テオ！　さっきの何!?　かわいい子猫ちゃん、って」

先ほどのテオドリーコと同じように壁に片手をついてそう尋ねると、テオドリーコは悪びれる様子もなく小首を傾げて笑った。

「えへへ、おしえてもらったんだよ」

テオドリーコはそう言い、右手の人差し指で前髪を払う。そんなキザったらしい仕草、アンノヴアッツィ家で習うわけがない。

「だ、誰に……いや、聞かなくても分かるわ……姉さまちょっと急用を思い出したから行って来るわね。皆、テオのこと頼んだわよ」

メイドたちにテオドリーコを預け、私は全速力で駆けだした。庭を抜けて王城に飛び込み、階段を駆け上がる。渡り廊下を走って、来客用の別館へ向かった。猛スピードで駆け抜ける私と追いかける護衛騎士。すれ違う人々が、あわてて道を空けた。

目的の部屋が近付き、私はノックもせずに激しい音を立てて扉を開ける。

「うわあ！　びっくりした！　あれ？　ミミちゃん、どうしたの」

部屋の中央にあるソファに腰掛けたイレネオが目を見開いてこちらを凝視していた。レナートによく似た麗しい見た目をしているが、軽薄な雰囲気は相変わらずだった……などと、のん気なことを言っている場合ではない。

「マ、マリーア様、落ち着いて」

はあはあと息を切らした護衛騎士に声をかけられ、少しだけ冷静になった私は握っていた拳をとりあえず下ろした。

「うぐぐ、とりあえず一発殴っておこうと思ってたんだけど、私は淑女だから我慢してあげるわ」

「ひえー、何があったか分かんないけど助かった。とりあえず座れば？　ミミちゃん」

イレネオに促され、私は向かいのソファにどさりと腰かけた。部屋の隅で丸くなって怯えていたイレネオの従者が、おそるおそるテーブルに紅茶を出す。

「謹慎明けたんだね。おめでと、ミミちゃん。会いに行きたかったんだけどさあ、なぜか俺、ミミちゃんの部屋に近寄らせてもらえなかったんだよね。でも、まさかミミちゃんが爆走してまで俺に会いに来てくれるなんて、感激だよ。会えない間にやっぱりレナートより俺の方がいいって気付いちゃった感じぃ？」

　足を組んで優雅に紅茶に口をつけたイレネオがウインクする。自分の都合の好い方に持って行こうとするこの人の思考回路はいったいどうなっているのか不思議でしかたがない。

「一発殴りに来たって言ったじゃないですか」

　私がじろりと睨むと、そそくさとイレネオはソファの端に寄り私から距離を取って苦笑いした。

「聞き間違いかなあ、って希望を込めて無視してみたんだけど、ダメだったか」

「イレネオ様でしょう、テオに変なこと教えたの！　うちの公爵家の跡取りに何てことを言わせるのよ！」

「ああ、テオちゃんね」

　ひじ掛けに頬杖をついたイレネオは一度顔をしかめたが、すぐにいつもの笑顔に戻る。きっと見当はついていたのだろう、特に動じる様子も見せずに優雅に座ったままだ。

「俺は子供が嫌いなのにさあ、さっすがミミちゃんの弟だよね、一度ロックオンされたらどこまでもどこまでもついて来るんだよ。お前は誰だ、から始まって、何でレナートに似てるんだ、どれくらい強いんだ、って質問攻め。仕方がないから部屋に入れて、ジュースあげたらすっかり懐かれちやったんだよね」

辟易するイレネオにまとわりつくテオドリーコの姿が目に浮かぶ。逃げられると追いかけたくなっちゃうのはアンノヴァッツィ家の血のせいなのかしら。

「そ、それは……弟がご迷惑を……」

私は不本意ながら、しぶしぶ頭を下げた。頬杖をついたままこちらを見ていたイレネオが、少しだけ視線を外して、普段のからかうような笑みとは違う穏やかな笑顔をみせる。初めて見る彼の表情に私は思わず口を閉じた。

「テオちゃん見てたら昔のこと思い出したよ。従兄の俺は、年長らしくお手本になりなさいってレナートとプラチドのお守りさせられてた時期があったんだ。あいつらおとなしい子だったから、テオちゃんとは全然似ていないんだけどね。知ってる？　あいつらに外国語を教えたのは俺なんだよ。レナートは動物の名前を覚えるのが苦手で、単語ひとつひとつ、一緒に発音してゆっくり練習したんだ」

「聞いたことあります。昔は普通の優しいお兄さんだったって」

「今も素敵で優しいお兄さんなんだけど？」

不服とばかりに片眉を上げたイレネオを見て、私はこの部屋に来た用件を思い出した。

「ごまかされるところだったわ！　テオにもうあんなセリフ教えないでください。お城のメイドを口説いてまわる四歳児になっちゃったじゃないですか」

「あんな、って言われても。テオちゃんが教えてって言ったから」

「そんなこと言うわけないでしょ！」

「俺の得意技教えてって言うから、教えてあげただけさ」

　イレネオはそう言い、ニヤリと笑った。あくまでも聞かれたから答えただけ、という態度を貫くつもりのようだ。

　王太子候補だった時のイレネオは、いろいろな貴族たちに利用されそうになったという。以前に一度だけそれを不憫に思ったことはあるけれど、どうもその設定をうまく利用しているのはイレネオの方だ。不憫な幼少期の生い立ちとレナートによく似た容姿にコロリと騙される女性が後を絶たない。このままでは大切な弟がこの人みたいになっちゃうわ。

「もう！　とにかくテオには近付かないでくださいね」

「いや、向こうから近付いてくるんですけどー？　まあ、テオちゃん連れて歩くと勝手に女の子たちが集まってくるから、それはそれで便利なんだけどね」

「人の弟を餌にナンパしてるんですか！」

「あ、ミミちゃんのお姉ちゃんたちも可愛かったよねえ。ニーナ妃もサンドラちゃんも、ミミちゃんと姉妹とは思えないほど礼儀正しくってさ」

「うちの姉までナンパしたんですか!?」

「あはは、安心して。けんもほろろに断られちゃった。こわかったなあ、二人同時に拳にナックルはめてさあ。ははは」

「それ本気で怒ってるやつよ……」

心底呆れていたら、扉をノックする音が響いた。イレネオの従者が返事をして、扉を開ける。そこに立っていたのは、なんとアイーダだった。彼女の庭でよく見かけるアイビーと同じ色の上品なドレスを着ている。

「アイーダ？」

「アイーダちゃん！」

だらしなく頬杖をついていたイレネオが顔を上げる。美しいほほ笑みを湛《たた》えたまま、アイーダはちらりと部屋の中を一瞥すると、私と目が合いぱちりと一度瞬いた。

「あら、ミミ。あなたも来ていたのね」

アイーダはそう言うと、スカートを軽く持ち上げてしずしずと部屋に入ってきた。その後ろからは、侍女が二人ついてきていた。

「わあ、アイーダちゃんの方から俺に会いにきてくれるのなんて初めてじゃない？　どうぞ座って、座って。嬉しいなあ、ねえ、あの紅茶淹れてくれる？　一番良いやつ」

はしゃぐイレネオが従者に指示を出す。頷いた従者が小走りで奥の部屋に向かった。その様子が不審だったので、私は尋ねた。

「あの、イレネオ様。もしかして私のお茶は？」

「んー、ちょっといいやつ」

「アイーダには」

「一番良いやつ」

ぷくーと頬を膨らませた私を見て、イレネオが笑う。一番良い紅茶は私にも淹れてもらえた。ごくごくと飲み干してやろうかと思ったけれど、淑女教育の先生であるアイーダの手前、品よく一口だけ口にした。

「わあ、ほんとに美味しい！　あっ、えっと、美味しいですわ」

思わず飛び出た本音をあわてて取り繕うと、イレネオが驚いて目を見開いた。

「え、何それ。ミミちゃんらしくないね。こわ……」

「らしくないなんて！　私もこの一か月で淑女に成長しましたのよ」

私が背筋を伸ばしてそう言うと、イレネオがレナートによく似た表情でポカンとした。しかし、すぐに咳払いをしていつものへらりとした笑みを取り戻す。

「へええ、そんなミミちゃんも新鮮で可愛いね。んで、アイーダちゃんはどうしたの？　俺をたずねてくるだなんて。いや、いいんだ。理由なんかいらない。俺に会いたくなっちゃったんだよね？　分かるよ、だって俺もアイーダちゃんに会いたかったから。きっと俺の気持ちが伝わったんだね。そうだよね。俺たちって実は相性がすごくいいんじゃ……はっ、これって運命？」

「突然めちゃくちゃしゃべるじゃないですか」

「ミミちゃんは黙ってて！　淑女はツッコまない！」

優美な笑みを湛え長々と講釈をたれていたイレネオが、ピシリと私に向かってまっすぐに手のひらを向ける。静かにイレネオの言葉を聞いていたアイーダが、扇を開いて口元を隠した。その凛とした姿勢に、一気に部屋に緊張が走る。

「イレネオ様」

アイーダに名を呼ばれ、イレネオがニコニコとほほ笑んだまま姿勢を正した。ちょっとだけ顔色が悪いようにも見える。

「テオドリーコにおかしなことを吹き込みましたね？」

イレネオがひゅっと息を呑んだ。笑顔のまま怒るアイーダの迫力に、隣にいた私も息を吐くタイミングを見失い、呼吸を止めた。壁際に控えた従者や護衛、そして侍女たちも青い顔をして息をひそめている。

「テオが女性を見る度に品のない挨拶をしているのを目にしまして、先ほどプラチド殿下がテオを捕獲し、レナート殿下の執務室に連行して矯正中です」

思ってたより大事になってるー！　自分の弟がしでかしたとんでもない不始末に、今度は私が背中に冷や汗をかいた。一体いつから、あの子は意味も分からずに王城中の女性を口説いてまわっていたのだろうか。

壁に手をつき、前髪をさっと指で払ってほほ笑んでいたあの姿。何度思い出しても、すっごく可愛かったわ。

「ミミ……？」

「ああっ、また心の声が！」

アイーダの低い声に、あわてて手で口を押さえた。当のイレネオはひじかけに頬杖をつき、そっぽを向いている。

「あーあ、俺が教えたって内緒だよ、って約束したのになあ」

イレネオの恨みがましいつぶやきに、アイーダがほほ笑む。

「テオの名誉のために申し上げますが、あの子は、おとこどおしのやくそくだから、と言って、イレネオ様の名前は一切出しませんでしたよ。でも、誰に教わったかなんて聞かなくても分かります。だって、そっくりですもの、イレネオ様に」

「アイーダちゃん。それ、俺がいつも品のない挨拶してるって遠回しに言ってる……？」

「誰がどう見ても、イレネオ様でしたわね」

「えー、しまった。俺の言語指導能力の高さが裏目にでてしまったかー」

額に手をやりわざとらしく首を横に振るイレネオの全く反省しない態度に、アイーダが無表情で呆れている。

「ちなみに、先ほどテオが捕獲されたのは王妃様の御前でした」

「「ええっ！」」

私とイレネオが同時に叫ぶ。

「あの子、まさか王妃様にまで」

「ええ、そのまさかよ、ミミ」

私の声にアイーダがすぐに答えた。それを聞いたイレネオが今度こそ青ざめ、がっくりとうなだれた。

「まじで。俺、すっごく怒られちゃうやつじゃん」

特大のため息をついたイレネオは、小声で従者に荷物をまとめるように指示している。王城を出てタウンハウスに逃げるつもりのようだ。

「テオはレナート殿下たちが矯正しています。ムーロ王国へ帰国するまでに、と早急に」

アイーダの言葉に、私はハッとした。私の謹慎が明けるのを待っていたテオドリーコは、来週にも帰国してしまうのが決まっているのだった。

私の庭で、メイドたちの笑い声と歓声が響いている。

「ねーさまー、見ててー！」

テオドリーコはそう叫ぶと、私の背丈よりもずっと上にある鉄棒で二回大車輪した後、手を離して大空へ飛び立った。体重の軽いテオドリーコは思っていたよりもずっと高く飛んで行ってしまい、私はあわてた。

「テ、テオ！　危ない！」

　しかし、当の本人は楽しそうに空中で一回転して体勢を整えてから芝生に着地する。テオドリーコを受け止めようと伸ばしていた手のやり場がなくなり、私は非常に気まずい顔をしながら手を下ろした。

「姉さまのお庭、おもしろいね。ずっとここであそんでたよ」

「そう、それは良かったわ」

　アイーダが管理する庭は植物園のようになっているが、私の庭はすっかりアスレチック広場になっていた。初めはそれなりに花や樹木に紛れさせて遊具を隠していたものの、今ではもう堂々と鉄棒やのぼり棒が設置されている。私の指示していない器具もそこかしこにあるので、きっとレナートかライモンドが置いてくれたのだろう。

　私の庭は、王城に勤める人たちに頻繁に開放しているので、その子供たちに大人気なのだ。だから、庭師たちも垂れ下がる危ない木の枝や、芝生に転がる石などは除去してくれている。生け垣を利用した小さな迷路までできていた。以前は殺風景で、サンデルス帝国の兵士たちのたまり場になっていた庭だが、今では子供の声が聞こえる賑やかな場所になっていた。

「本当ならアイーダのように、賓客を招いてお茶会をできるようにしなきゃいけないんだけど……。今さら子供たちを追い出すわけにもいかないわ。元気のいい子供を連れて来る方もいるかもしれないし、鉄棒大好きな王族が来ることもあるかもしれないわね。まあ、いっか」

自問自答を終えた私はスカートを持ち上げ駆け出す。そして、敷石を一つ飛ばしで歩いていたテオドリーコを追い抜かした。振り返ってちらりと見た後、そのまま小走りで進む。

「姉さま！　待てー」

すぐに私の意図を理解したテオドリーコが追いかけてくる。テオドリーコが一歩後ろまで追いついたのを確認し、私は大きくスキップした。すぐにテオドリーコもスキップに切り替え、必死についてくる。

「ほら、テオ。頑張って」

「うーん、負けないぞ！」

これは実家にいた時によくやっていた遊びだ。

基本的には追いかけっこである。しかし、前にいる者と同じ走り方で追いかけなければならない、というルールだ。追い抜かされたら、今度は相手の走り方で追いかけるのだ。前に出ることができなければ、ずっと相手の得意な走り方にあわせなければならない、終わりのない追いかけっこ。

まだよちよちとしか歩けなかった頃のテオドリーコに走り方を教えるために考案した、二人だけの遊びだ。すぐにバランスを崩してよろけてしまい、ぐずるテオドリーコをうまくなだめてよく遊んだものだ。

両手をうんと伸ばして私の後を追いかけるテオドリーコが可愛くて、私は毎日のようにこの遊びをした。おかげでテオドリーコの足は同じ年の子供たちとは比べものにならないくらい速い。あの足腰の強さは、我が家じゃなければ怒られるレベルにまで鍛えられてしまった結果だ。

「こうして余裕で勝てるのも今のうちだけね。きっとテオはあっという間に足が長くなって、私なんてすぐに追い抜かされて……って、速ぁ！」

成長したテオドリーコを想像して感慨にふけっていたら、大股で跳ねるようにしてスキップしていたテオドリーコに追い抜かされてしまった。

「やったね！　姉さま、こんどは僕が前だよ」

そう言うと、タッタッタッタとリズムよくテオドリーコは駆けていった。

テオドリーコの赤茶色の髪が風になびき、丸い額があらわになる。形の良い眉の下にある瞳は迷うことなくまっすぐ前だけを向いている。上手に走れなくて泣いていたあの小さな子が、自分の足でしっかりと前に、前にと……。

「って、速ぁっ!!」

再び私は叫んだ。さっきまでそこにいたはずのテオドリーコがいない。はるか先にいるテオドリーコはツーステップを踏みながら器用にジグザグに走っている。

「何なの、その走り方ー！」

私はあわててその小さな背を追いかけた。もちろん、ツーステップでジグザグに走りながらだ。これがなかなか難しい。スカートを持ち上げてじたばたと走った。すばしっこいとはいえ、足の長さではこちらの方が断然有利なはず。あと数歩で前に出られる、と思った瞬間、テオドリーコは前かがみになり地面に手をついた。

「はあ!?　何やってんの、テオ！」

「あはは、姉さまはやくこないとおいて行くよー」

地面に手をついたテオドリーコは、そのまま四つん這いになり犬のように走り出した。その速さと言ったら！

仕方なく、私も地面に手をついて四つん這いで追いかけた。後方からメイドたちの悲鳴が聞こえるけれど、ルールはルールなのだ。勝負に勝つためには守らなければならない。

手足の短いテオドリーコはまさに元気な子犬のように駆けて行くが、大人で、しかもスカートの私はどうにもうまく走れない。

手のひらに土がこびりつく感触。芝生の青臭さが強くなる。テオドリーコが蹴った草の切れ端が頬をかすめた。スカートが風をうけて舞い上がり、思うほど前に進めない。

やはり、ついこの間までハイハイしていたテオドリーコには敵わないのか？

私はぐっと手のひらに力を入れ、ギリギリまで前傾姿勢を取った。

いいえ、自分から仕掛けておいて負けるだなんて、弟にそんな情けない姿見せられないわ。大人の戦う立派な姿、しっかりと目に焼き付けなさい!!

爪に土が入るのも気に留めず私は芝生を蹴った。ロザリアに見つかる前に、よく手を洗えばいいだけだもの。手を伸ばせば触れられるくらいまで追いついた時、テオドリーコが突然前方に高くジャンプした。それは体重の軽いテオドリーコだからこその跳躍力で、まるで空を飛んでいるかのようだった。

その姿に思わず見とれていたら、聞き慣れた足音にハッとして私は顔を上げた。

テオドリーコが両手を伸ばして飛び込む先に、何とレナートの姿が。

「危なーい！　避けてぇぇー！」

私の声に、とっさにレナートが体を横にずらし、テオドリーコは後ろにいたライモンドに激突した。ライモンドは何とか両手でテオドリーコを受け止めたものの、バタンと後ろへ倒れ込む。

レナートが無事だったことにほっとしたのも束の間、勢いづいて止まれなかった私はそのままレナートに激突したのだった。

「とりあえず誰も怪我がなくて良かった」

庭のベンチに腰掛けたレナートが、優しくほほ笑んだ。その隣に座ったテオドリーコはメイドが用意してくれた水筒からお水を飲んでいる。

私とテオドリーコが庭で遊んでいると聞いたレナートたちは、こっそりその様子を覗きに来たのだそうだ。広い庭で私たちの姿を捜していたところ、四つん這いのテオドリーコと私が飛び込んできたというわけだ。

テオドリーコに抱き着かれひっくり返ったライモンドは幸い眼鏡も腰も無事だった。レナートは言わずもがな、私とぶつかったくらいではびくともしない。

「本当にごめんなさい。ライモンド様」

背中を土まみれにしたライモンドに向かって、私は芝生に正座して頭を下げた。ライモンドは一番の被害者であるのに側仕えらしく立ったままでいる。

「まったく。まあ、マリーア様のお庭でのことですからご自由になさっていただいていいんですがね。いいんですが、……いいんでしょうかね……？」

そう言ってライモンドが首をひねるのも当然だ。

私ったら、せっかくひと月も謹慎して王太子妃教育を受けたっていうのにこの有様。このままではまたいつか軟禁、いえ、謹慎になってしまうわ。

「ミミ、ここはあなたの庭だから危険なこと以外は何したっていいんだよ」

青い顔でうなだれる私にレナートが手を差し伸べた。その手に捕まって立ち上がると、ぐいっと引っ張られてなぜかレナートの膝の上に座らされる。

「あそびに行ってもいい？」

水を飲み終えたテオドリーコが私を見上げてたずねた。

「いいわよ。アンノヴァッツィ家の人以外にはぶつかっちゃだめよ」

「んー、むずかしいなあ」

「ぶつかる前提なの……？」

「行ってきまーす」

水筒をライモンドに押し付け、テオドリーコは走って行ってしまった。我が家には屈強な人たちしかいないので、人に勢いよくぶつかったら危ないということがテオドリーコはよく理解できないのだ。怪我人が出る前にお父さんに早いとこ伝えて教育してもらわなければ。

速達で手紙を届ける段取りを考えていたら、レナートがじっとこちらを見つめていた。

「あ、ごめんなさい。考え事をしていたわ」

そう謝ると、なぜかレナートが困ったような顔をする。

「いや、その。膝に乗せても逃げないのだな、と思ったのだ」

「ああ」

そういえば、レナートの膝の上に座ったままだった。テオドリーコがあまりにも自然に話しかけてきたので忘れていた。いつもの私だったら、放して、とじたばた暴れていたはずだ。

「その、レナートの言うことや、やることには、あまり口出ししてはいけない、って王太子妃教育で習ったから……。レナートの一番の理解者になるように、って」

「……」

胸の前で手をモジモジとすり合わせながらそう言うと、レナートがさらに困ったように大きく息を吐いた。

「ミミの行動を制限するつもりはないんだ。今まで通りでよい。こちらで先に手を打っておくから、と言ってるはずだね。ただ、あなたを守る人たちを巻き込むようなことは控えてほしい、と……うーん、難しいね。どう伝えたらいいのだろう」

レナートが眉間にしわを作り、私を抱える腕に力を込めた。

「うぐ、ちょっ、レナー……くるしっ」

助けを求めてライモンドに手を伸ばすと、すっと避けられてしまった。

「殿下、ここは私以外の目もあることをお忘れなく」

ライモンドにそう言われ、メイドや庭師たちから遠巻きにして見られているのに気付いたレナートは、表情を厳格な王太子モードに戻し、腕の力を緩めた。

「ミミには今まで通りでいてほしい。だが、私がミミの身を案じていることも忘れないでほしいのだ。もちろん、私だけではない。王城の誰もが、同じようにそう思っている。あなたの性格上難しいことかもしれないが、自らの身を顧みない行動はしてはいけないよ」

真剣な表情のレナートの言葉に私は頷いたものの、内心は戸惑っていた。レナートは今まで通りでいいって言ってくれていると同時に、今までのままではいけないとも言っている。

王太子妃になるってこんなに大変なことだったのね。

だからと言って、レナートの隣に立つことを他の人に譲るつもりもない。逃げ出すのなんて絶対に嫌だわ。

私は顎に手を置いて、ううん、と悩んだ。レナートは一度目を伏せた後、膝の上に乗ったままの私を抱きしめた。

「テオ、なるべくおとなしく馬車に乗ってるのよ。無理だろうけど。皆に迷惑かけないようにね。何かしてもらったら必ず、ありがとう、って言うのよ。落ちてるもの拾って食べちゃだめよ。馬車の窓から飛び出しちゃだめよ。どんな時もドアから乗り降りしなさいね」

「んー？　わかった」

テオドリーコは首を傾げた後、元気よく返事した。

「その返事は分かってない時の返事ね」

「幼児に対して要求が多すぎるんじゃねえか？」

テオドリーコの前でしゃがんだままうなだれる私に、ガブリエーレが冷たく言い放った。

王城の馬車回しには、馬車につながれた大きな軍馬が突風のような鼻息を吐いて、いなないている。今日、最後まで居残っていたアンノヴァアッツィ家の弟子たちが帰国する。と、いうことは、弟子たちのリーダーであるテオドリーコも、とうとう帰ってしまうのだ。王城を走り回っていたテオドリーコがいなくなることを、皆がさみしがってくれていた。

「ねえ、またおしろにあそびに来てもいい？」

テオドリーコが私のスカートを引っ張りながら、そう尋ねた。

「もちろんよ。大好きなテオならいつだって来てもいいのよ」

「わあい」

テオドリーコがぴょんとジャンプして、私に抱き着いた。

「いっぱいあそんでくれるから、僕も姉さま大好き！」

「テオ――！」

私はテオドリーコをぎゅうぎゅうと抱きしめた。小さな体は私の腕の中にすっぽりと収まってしまう。可愛い可愛い私の大切な弟。

「あ、プラチドだ」

目の前で繰り広げられる麗しい姉弟愛に、見送りに来た王城の人々がため息をついているというのに、当のテオドリーコはあっさりと私の腕を抜け出して走って行ってしまった。

「プラチド！　そくさいでいるか？」

アイーダを連れて見送りに出てきたプラチドに、テオドリーコは容赦なく飛びついた。身構えていたプラチドはよろめいたものの、しっかりとテオドリーコを受け止める。

「ええ、テオ兄上が配備してくれたパオリーノのおかげで、毎日元気に暮らしていますよ」

「そっかー、良かった。僕のたいせつな弟がげんきでうれしいよ」

「テオ兄上、パオリーノを連れてきましたので、どうぞ一緒にお帰り下さい」

プラチドはそう言うと、上着のポケットを見せるように腰を捻った。小さな体の割に体重のあるテオドリーコを抱き上げるのは、謎の腕力のあるレナートならともかく、プラチドには片手では無理だったようだ。すかさず、隣にいたアイーダがそこからパオリーノを取り出し、手のひらに載せる。華奢な白い手のひらに載ったパオリーノの表情は以前よりもきりっと引き締まっているように見えた。

「パオリーノはプラチドのごえいだから、おいていくよ？」

「いえ、兄上の大切な部下をいつまでもお借りするわけにはいきませんから。どうぞ、連れて行ってあげてください」

「プラチドはパオリーノのこと、きらいなの？」

「えっ、いや、まさか。パオリーノは僕の身を守ってくれた、優秀な護衛ですから」

「じゃあ、たいせつにしてあげなさい。いい子だから。ね、プラチド」

「……はい、兄上……」

粘ったものの、結局観念してしまったプラチドがうなだれた。テオドリーコは満足そうに頷くと、手を大きく伸ばしてプラチドの頭を撫でた。一瞬驚いて身じろいだものの、プラチドは頭を下げたままでいる。

「ふ、不敬極まりないこの状況をどうしたらいいのかしら」

「案ずることはないよ、ミミ。子供の言うことだ。咎める者などここにはいない」

　いつの間にか後ろに立っていたレナートが、私の肩を抱いてそうささやいた。またしても背後を取られてしまい戸惑う私を見て、王城の人々がなぜかひどく優しい笑みを浮かべている。

「あんなに可愛らしい弟と離れるんだもの、そりゃあ寂しいよね。わかるわ」

「さすが殿下ね。マリーア様にすぐに寄り添って励ましていらっしゃるわ」

「レナート殿下って厳格で冷淡な方だと聞いてたけど、あんな優しそうな表情もするんだな」

　こそこそと話す声が聞こえる。どうやら、弟との別れを惜しむ私をレナートがそっとなぐさめているように見えているようだ。実際は王族に無礼を働く弟に戦々恐々とする私とそれを許す王太子の姿なのだが。

「ミミ。テオと離れるのは寂しいけれども、よく考えてごらん。私たちの結婚式にはあなたの家族全員がそろうのだよ。すぐに会える。元気を出して」

「そうでした」

　すっかり忘れていたけれど、あと三か月後には私たちの結婚式が行われるのだ。式にはテオドリーコだけではなく私の家族が全員そろう。

　おそろしい。

　うちの家族が人がたくさん集まっているのを見て、おとなしくしているとは到底思えない。イベントでテンションが上がらないはずがない。人のことは言えないが、言えないからこそよーく分かるのだ。

「とりあえず、テオに基本的な礼儀作法だけでも早急に叩き込んでもらわなきゃ。他国の賓客がルビーニ王国の人たちみたいに温厚だとは限らないもの」

「うむ。確かにそうかもしれないが……ムーロ王国の人々なら仕方がない、という風潮も世にはあるようだが……」

　レナートがモニャモニャと言葉尻を濁す。

　プラチドとアイーダとの別れの挨拶を終えたテオドリーコが戻ってきた。

「じゃ、僕かえるね！」

「すっごいあっさりしてる！　気をつけてね、テオ」

　最後に一度抱きしめようとしゃがむと、私が腕を伸ばす前にテオドリーコが飛びついてきた。

「姉さまもそくさいでいるんだよ」

　テオドリーコはそう言うと、チュッ、と音を立てて私の頬にキスをした。そして、私に驚く暇も与えずに駆け出したかと思うと、ぴょんとジャンプして一足で馬車に飛び乗ってしまった。

「テオ……」

「ばいばーい、またくるねー」

　窓から身を乗り出したテオドリーコが手を振った。見送りの人々が手を高く上げてそれにこたえている。弟子たちがそれぞれ馬に飛び乗った。大きな黒毛の馬がいななくと、その圧にまた人々から声が上がる。

「しゅっぱーつ！」

　テオドリーコの高い声が響き、馬に鞭が入った。激しい音を立ててテオドリーコを乗せた馬車が揺れる。その周りを弟子たちの馬が囲む。砂ぼこりが立ち、目を細めるとあっという間に馬車が遠ざかって行ってしまった。ルビーニ王国へやって来た時とは大違いだ。何てあっけないお別れだったのだろう。

「ミミ、これを」

レナートに良い香りのする布をいきなり顔にあてられて、私は目を見開いた。そして、自分がぼろぼろと涙をこぼしているのに気が付いた。受け取ったハンカチは涙を拭くにはもったいないほどの上質な手触りで、さすが大国の王太子は高級なハンカチを持っているのだな、と的外れなことを考えていた。

「テオとはすぐに会えるから、元気を出して」

おろおろと戸惑いつつ、私の顔を覗き込んだ不安そうなレナートの顔を見たら、私は急に恥ずかしくなってしまった。

「すみません。つい先日まで、姉さま、姉さま、って言ってくれていたテオが、急に冷たくなったから戸惑ってしまって」

ハンカチでぎゅっと涙を拭ってそう言うと、レナートは一瞬驚いたような表情をした。そして、すぐに眉を下げた優しい笑顔を見せる。

「それは仕方がないよ、ミミ。子供の成長はあっという間なんだ。今までは家族としか一緒に過ごしたことのなかったテオが、ここに来てたくさんの人々と出会い、一気に視野が広がったのだろう。

我々は年長者として、彼のそれを優しく見守っていこうではないか」

「……はい」

素直に頷いた私の肩を、レナートがぎゅうと抱きしめた。

テオドリーコの成長はうれしくもあり、さみしくもある。私はハンカチを握りしめレナートを見上げた。テオドリーコのことと同時に、とても気になることがあったのだ。

「ありがとう、レナート。……それにしても、さっきのレナートはすごく寛容で、まるで子育て経験のある父親のような落ち着き方だったわ……。まさかレナート、隠し子がいるんじゃ……」

「ミミ？」

「ねえ、正直に言いなさい、怒らないから！」

「すでに怒っているようだが」

逃がさないよう、肩に置かれたレナートの手をしっかりと掴み、私はぐいぐいとレナートに迫った。

「いるわけがないではないか」

「さっきのは、子供の一人や二人や六人くらいはいてもおかしくない落ち着きようだったわ」

「六人、ということはアンノヴァッツィ家かな。私は公爵のようだったのかい？」

「うちのお父さんは一度たりとも落ち着いていたことなんてないわ！」

レナートがまるで子供の相手をしているかのように、クスクスと笑いながら私の話をはぐらかす。

何だかその様子に調子が狂って、私もおかしな返事をしてしまった。

　私の声が大きいせいで、馬車が見えなくなるのを眺めていた人々が全員こちらを見ている。あわててライモンドが私とレナートのもとに飛んできた。

「マリーア様、そんな大声で滅多なことを言わないでください。殿下に隠し子なんているわけないでしょう」

「だって、ライモンド様だって聞いたでしょう。レナートは年の割に達観し過ぎだと思わない？」

「殿下のお心は世界屈指の広さなのです。子供の頃から将来の王としての教育を受けていますからね！　マリーア様を伴侶に選んだ時点でそれはおわかりでしょう」

「ライモンド、お前まで何を言っているのだ」

　私とライモンドのやり取りに、レナートが呆れた声を上げる。見かねたガブリエーレに腰のリボンを引っ張られて私は退場となり、楽しそうにしていたやじ馬たちもそれぞれ自分の持ち場に戻って行った。


　プラチドの執務室は、きっとアイーダの趣味に合わせているのだろう、観葉植物がたくさん置いてある。窓辺にある一輪挿しには花ではなく、ほどよく葉を剪定《せんてい》した枝が生けられていた。床も家具も明るく柔らかい色調でそろえているので、いつ来ても初夏のさわやかさを感じられる部屋になっている。

一方、レナートの執務室は、重厚で頑丈そうなもので占められている。応接ソファの横にゴージャスな花を生けた花瓶があるけれど、色みのあるのはそれくらいだ。仕事優先のその部屋に安らぎを、と、私はプラチドの執務室へ向かっていた。

「あら、いないわね」

プラチドの側近に連れられて入った部屋の中には、パオリーノの姿はなかった。

「え？　プラチド殿下はアイーダ様と新婚旅行中ですが」

私の声に、側近が不思議そうにしながらこたえた。

「もちろん知っているわよ。パオリーノがいない、って言ったのよ。主がいない間は、レナートの護衛をしてもらおうと思ったんだけど……どこかに仕舞ったのかしら」

私がそう言うと、側近がやっと気付いたらしく、辺りをきょろきょろと見回した。

「うーん、旅行に連れて行ったのでしょうか」

「ぬいぐるみを？　そんなに気に入ってたのかしら」

「ううーん。いつも机の上に置きっぱなしで、特に触ったりしてるのを見たことはないですが……メイドが洗濯でもしているのかもしれませんね」

そういえば、ベランダで干していたはずのパオリーノが、なぜか離れたところにあるアイーダの庭で発見されたと聞いたような気がする。

「きっとそうね。いいわ、別に。置きっぱなしなら持って行って可愛がろうと思っただけだから。

また来るわ」

　私が部屋を出ようとすると、すかさず側近が扉を開ける。そして、私を軽くからかうような笑顔を見せた。

「ふふ、マリーア様もぬいぐるみとか可愛がるんですね」

「あら、失礼ね。私だって可愛いものは好きよ」

「いえ、どちらかと言うと、武器とか筋トレ用品とかの方がお好きなのかと」

「私はこう見えて公爵令嬢なのよ！　筋トレ用品は確かに気になるけど……」

　私の声がだんだんと小さくなっていくことに、側近がさらに笑う。

「パオリーノが洗濯から戻ってきたら、レナート殿下の執務室へお連れしますね」

「ええ、お願いするわ」

　そうこたえたものの、レナートの執務室の隅っこには、私の暇つぶし用のダンベルが置いてあるのを思い出した。この人が訪ねてくる前にどこかに隠さないと。私がにわかに慌てだしたのに気付いたのか、片方の口の端を意地悪く上げる。

「私も多忙ですので、時間を見つけてお伺いします。先触れなしで訪問することをお許しください」

　さすが第二王子の側近。何かに気付いたらしい。先回りされて笑われる前に片付けなくては。

「急用を思い出したから、帰るわね」

私はスカートを持ち上げて品よく礼をし、しずしずと部屋を出た。そして、扉が閉まるや否や、猛スピードでレナートの部屋へ向かって走り出した。

「どうしたんですか、急に。新しい筋トレ用品でも搬入するおつもりですか」

机に向かい書類をめくっていたライモンドが顔を上げ、私に尋ねた。

部屋の隅に置いておいたダンベルを私の部屋に運ぶように護衛の騎士に指示し、私は応接ソファに腰掛け優雅に紅茶を楽しんでいた。

「私のことはお気になさらずにお仕事してくださいって言ったじゃないですか」

「気になりますよ。何しに来たんですか」

ライモンドが眉をひそめた。同じように書類に向かっていたレナートもこちらを見ている。

「ミミなら別に用がなくてもいてくれて構わない。でも、暇だろう。そうだ、久しぶりにモップと戦っているのを見せてはくれないか」

レナートはそう言うと、嬉々として隣の部屋からモップを持って来た。思わず受け取ろうと伸ばした手を私はすぐに引っ込める。

「いいえ。そんなはしたないことはいたしません。だって私、王太子妃になるんですもの。さあさ、お仕事を続けてください」

「ミミ……」

悲しそうにモップを抱えているレナートを見ると、心が痛む。でも、王太子レナートの妻として慎ましく上品でいようと決めたのだ。さっきまで忘れてたけど。

こうしておとなしくしている時間を増やしていけば、いつかきっと、一日中淑女でいられるようになるはずよ。アイーダや王妃様みたいに。

背筋を伸ばして紅茶にそっと口をつけた。

レナートとライモンドが何かを言いたそうに顔を見合わせている。

「そうか。では、私も少し休憩にしよう」

「では、お茶をご用意しましょうかね」

レナートが私の隣に座ったのを見て、ライモンドが渋々立ち上がった。

ハーララ国から帰国したばかりの頃に比べれば、二人の机の上に積み上がる書類の高さはかなり低くなっている。優秀な彼らの手にかかると、あれくらいの仕事などすぐに終わってしまうのだ。

紅茶を一口飲んだレナートが、小さく息を吐く。隣に座る私と目が合うと、何かを言いたげに口を開いては閉じ、開いては閉じしている。

「どうしたんですか。何か言いにくいことでもあるんですか」

そう尋ねると、レナートは一度、ううーん、とうなり、また口を閉じてしまった。

「え、まさかやっぱり隠し子が……」

「いない！　いないから、安心してくれ」

「じゃ、何ですか。パーッと言っちゃいなさいな」

そう言って、私が耳に手をあてて身を寄せると、レナートがぱちりと瞬いた後、笑い出した。どこかおかしいかしら、と不思議そうにしている私を見て、レナートはさらに笑う。

「いや、ミミを見て笑っているわけではないんだ。以前もこういうことがあったな、と、なつかしくなってしまって……つい」

そう言われ、私は首を傾げて考えた。こんなことあったかしら。目をつむって記憶の糸を手繰った。

「あっ……」

「思い出したかい？」

レナートが優しくほほ笑む。

「私が間違って婚約破棄した件の謝罪の場で、ミミは今と同じように気さくに私の話を聞いてくれたんだ」

「そ、そうでしたね……」

確かに覚えている。アイーダとプラチドのことを聞いて、……そうだ、忘れるはずがない。その後、変顔数え歌を披露したのだ。そして、それからあっという間にレナートの婚約者になってしまった。

つい先日のような気がするけれど、思えばいろいろなことがあったわね。誘拐犯と戦ったり、山賊と戦ったり、帝国の兵士と戦ったり……。

「そうだね、次々と敵を倒すミミはとてもかっこ良かった」

「それって喜んでいいのかしら」

「マリーア様、もっとよく思い出してください。あるでしょう、殿下との街歩きとか、楽しかった思い出がもっとたくさん」

訝しむ私に、ライモンドが呆れた声を上げた。何だか出歩くたびに何かに巻き込まれたような気もするけれど……。

「ええ、最終的にはとっても楽しかったわ」

「最終的には？」

今度はレナートが首を傾げた。その隙に私は体ごとレナートに向かい、その青い瞳を覗き込む。

「それで、さっきの言いにくそうにしていたことって何ですか？」

「う、覚えていたか。そうか……」

「ふふ、ごまかされませんよ」

レナートが足を組み替え、私の視線から逃れるように体の向きを変える。それならば、と私は席を移動して、レナートの反対側の席へ移動する。

「さあ、どうぞ。言いなさい」

私はそう言って、耳に手をあてた。観念したレナートが天を仰いだ後、ソファに背を預けた。

「私たちの結婚式にはムーロ王国からミミの友人たちがやって来るわけだが」

「ええ、そうね。会うのは久しぶりだから楽しみだわ」

　結婚式には同級生を中心に招待した。ムーロ王国に比べてかなり都会のルビーニ王国、ましてや王城で行われる王太子の結婚式とあれば、誰一人として欠席の返事はなかったのだ。

「在学中に婚約者のいた人ばかりだから、旅行気分で御夫君や御夫人を連れて来るみたいなの。思っていたより大人数になってしまってごめんなさい」

　私は軽く頭を下げて謝罪した。きっと招待客の人数のバランスなどの調整があったのだろう。予定よりもムーロ王国側の席が多くて困っているのかもしれない。

「そうよね。特にうちのお父さんをはじめ、アンノヴァアッツィ家の参加者は体が大きいから席も広めに取らなきゃならないものね」

「いや、そんなことを言いたいのではないんだ。教会も王城の広間も十分広い。もっと招待してもいいくらいだ」

　レナートがするりと私の頭を撫でて、顔を上げさせた。その自然な動作に、思わず口元がほわほわと緩んでしまいそうになったけれど、ぐっと体に力を入れてこらえた。

「その……出席者の中に……」

　そこまで言ったレナートが、口元を手で隠して黙ってしまった。どうやら言葉を選んで悩んでいるようだ。私はその続きをじっと待った。

「その、出席者の中に、ミミの……ミミの、元婚約者候補がいたと……」

レナートはそう言うと、切なげにうつむいて目を逸らした。

「そうね、何人かはいたわ。私が次期公爵の立場を降りたら候補を外れたんだけど。でも、それって仕方がないことだわ。だって、彼らは貴族の次男や三男で、親から婿入りできる高位貴族を探すように言われていたんだもの。確かに婚約者候補からは外れてしまったけれど、それ以外ではとっても仲は良かったのよ。一緒にサッカーを……いえ、あの、楽しい時間を過ごしたりして」

「いや、ミミを振ったから罰しようなどとは考えていない。私もそこまで横暴ではないよ」

「そうなの？　じゃあ、何が気になるって言うの」

私の問いかけに、レナートは覚悟を決めたように頷くと、口を開いた。

「……そうだね、では、はっきり聞こうか。ジャコモという男はミミにとってどんな人なのかと。いや、これはただの私の興味本位であって、別に深い理由はなく、ちょっと気になっただけで」

「ジャコモ？　ジャコモって、あのジャコモ？」

「ええと、ジャコモ・モンジェッリのことだ」

レナートの言葉に、私は一瞬眉をひそめた後、手を打った。

「ああ、そうね。ヴィヴィアーナと結婚したから、今はモンジェッリだったわね。ジャコモは私の同級生よ。レナート、ジャコモのことを知ってるの？」

私の様子に少しだけ疑わしい顔をしたものの、レナートはすぐにほっとしたように息を吐いた。

「いや、ミミと特に仲の良い同級生だった、と聞いたのだ。その、あららでの学生時代の話はあまり聞いたことがなかったから」

「ひたすらモテなかった以外は、特に話すようなこともない平凡な学生でしたよ？」

「そのモテないはずのミミは毎日ジャコモと二人で下校していたと」

「ええっ？　何で知ってるの。誰から聞いたんですか」

　学生時代の秘密を暴かれ、私は飛び上がって驚いた。当時だってなるべく人目につかないように気を付けていたというのに、どこから漏れたのだろう。私があわてる様子に、レナートが眉をひそめる。

「騎士団にムーロ王国出身の者がいるだろう。ライモンドがたまたま、その者から話を聞いたそうだ」

「な、何で、たまたま、私のそんな話が……」

　確かに騎士団には、我が公爵家の弟子の一人が所属している。彼は「都会の洗練された美女と結婚したい」と言ってルビーニ王国騎士団に入った非常に邪な人だけれど、腕は確かだし明るい人柄ですっかりこの国に馴染んでいた。だからと言って、王太子の側近であるライモンドと談笑するような機会があるだろうか。

　いったいどこまで知られてるのかしら。彼は私の二つ年上だから、学年の違う私のことはよく知らないはずよ。とりあえず、その彼とそれから結婚式に参加する友人たちに口止めしなければ。あの話は絶対に知られたくない秘密だもの。

私はそう思った。

私はこの時、何も気付いていなかった。心の声が全て聞こえていたこと。そして、騎士団の彼は私と接触禁止、私が出した手紙は全て厳しい検閲が入るように、レナートがライモンドに命じていたことにも。

「あら、ガブリエーレ。久しぶりね」

短い休憩を終えると、私はライモンドに部屋から追い出されてしまった。ゆっくりと階段を下りている途中で下の階に赤いものが動いていると思ったら、ガブリエーレがこちらを見上げていた。

「どうした？　めずらしく静かに歩いてるじゃねえか。腹でも痛いのか？」

はあ!?　と言いかけたのをぐっとこらえる。引きつりそうになる頬に力を入れて、私は柔らかくほほ笑んだ。

「いいえ、お腹は平気よ。普通に階段を下りているだけよ。おかしいかしら」

「おかしいだろ。いつもは二段飛ばしで駆けおりてくるのに。護衛騎士が戸惑ってるじゃねえか。そうやって油断させておいて後で振り切る気だろ。やめろよ、かわいそうだろ」

「私はもう以前の私とは違うのよ。王太子殿下の婚約者である淑女なの。そんなことするわけないでしょう」

つん、と顔を背けてそう言うと、ガブリエーレが片眉を上げた。そして、上から下まで私を眺めると、顎に手を当ててじろりとこちらを睨んだ。

「最近、騎士団の朝練にも参加してないじゃないか。サボってると体が鈍《なま》るぞ」

サボってる、と言われてカチンときたけれど、歯を食いしばってこらえた。

「以前の私とは違うって言ってるでしょう。謹慎中にしっかりと反省したのよ」

私は静かに階段を下りた。数歩遅れて護衛騎士がついてくる。ガブリエーレの前で足を止め、勢いよく頭を下げた。ガブリエーレと護衛騎士が驚いて少しだけ身じろぎした。

「私のせいで謹慎処分になってしまってごめんなさい。減給にもなったって聞いたわ。先日はバタバタしちゃってきちんと謝れなかったから……」

頭を下げたまま、ちらりと見上げると、ガブリエーレは腕を組んで無表情に私を眺めている。

「あなたは私を助けるために一緒に教会に飛び込んでくれただけなのに。本当にごめんなさい」

私はさらに深く頭を下げた。それでも、ガブリエーレは静かに瞬きをしているだけで、口を開かない。

「自分の軽率な行動でこんなにもたくさんの人に迷惑をかけることになるだなんて、思わなかった。きっと何とかなる、だなんて無責任すぎたわ。私はこれからは王太子の婚約者らしくおとなしくするわね」

「……」

ガブリエーレが返事をしないので、私はおそるおそる顔を上げた。もしかして、まだ怒ってるのかしら。そうよね。王太子の側近の経歴に傷をつけてしまったのだもの。これからこの先の出世に影響があるかもしれないのだ。

「あの、なるべく出世には響かないように、私にそんな権限があるかどうか分からないけれど、できる限りのことはするわ」

「…………」

「まだまだ勉強中で失敗することばかりだと思うけれど、いつかきっと淑女となれるように、私、がんばるわ。だから、ガブリエーレも私のことを見守ってほしいの」

「…………」

ガブリエーレが無表情のまま顎に手をやり、目を逸らさずに私をじっと見た。しばらく黙っていたが、少しだけ口の端を上げた後、口を開いた。

「やなこった」

「ようし、表出ろ」

ついいつもの調子で言い返してしまった私はあわてて両手で口を押さえた。

やってしまった、と冷や汗をかく私を見て、ガブリエーレが声を上げて笑う。

「ははは、やっぱりお前、そっちの方がいいぞ。淑女がどうの、とか、気持ち悪《わり》い」

ガブリエーレはそう言うと、くしゃっと目を細めるいつもの笑顔を見せた。そして、むっとして頬を膨らます私の鼻先を指で軽くはじいた。

「いたっ」

手で鼻を押さえ、ガブリエーレを睨みつける。

「大体よぉ、王太子の婚約者、って何だよ。それ以前にお前はマリーアだろ。レナートにお前はお前のままでいいって言われてんのに、どうして変わろうとしてんだ。おとなしくしろ、だなんて誰も言ってないだろ」

「で、でも」

「でも、じゃねえよ。バッカじゃねーの」

「バ、バカですって……？」

私は動揺して思わず声を荒らげた。

私が謹慎中にどれだけ悩んで反省したと思ってるの。確かにたまに羽目を外してしまったこともあったけれど。

ガブリエーレは私の様子を見ても態度を変えることなく、そのまま言葉を継いだ。

「無鉄砲に火事の中に突っ込んで行くのは悪手だった。お前、以前は実家を継ぐ予定だったんだろ。お前の父親は、弟子たちを押しのけて炎の中に飛び込んで行くのかよ。行かねーだろ？　長が先陣切ってどうすんだよ。今まで学んだことを無駄にするんじゃねーよ」

ガブリエーレの言葉に、私はポカンと口を開けたまま固まった。数百人の弟子たちを率いる父の姿が頭に浮かぶ。

「……私、ほんとにバカだったかも……」

――皆が安心して私を守れるように、私が皆を守るから。

そうだった。お父さんにそう約束したのだった。慣れない淑女教育と王太子妃教育にいっぱいいっぱいになってしまって……。

「私、大切なことを忘れてしまっていたわ」

ガブリエーレが呆れたように息を吐く。

「お前、このままだとレナートに振られるぞ。淑女がいいなら、婚約者はアイーダ様のままでよかったんだから」

「それは困るわ！」

「だろ？」

ガブリエーレが意地の悪い笑顔を見せた。なぜかそれのおかげで、私は胸がすいたような気持ちになった。

「ありがとう、ガブリエーレ！　まだはっきりとはしていないけれど、向かうべき道が見えてきた気がするわ！　私、レナートの執務室に戻るわ」

最後は振り返って護衛騎士にそう告げると、私はスカートを高く持ち上げて階段を駆け上がった。

あわてて護衛騎士が追いかけて来る。

階段を上り、廊下を駆け、レナートの執務室の扉を叩いた。そして、返事が来る前に勝手に開ける。

「おや、マリーア様。どうしました。忘れ物ですか？」

扉を開けようとしていたライモンドが私の姿を見て瞬いた。

「気が変わったわ！　やっぱり私、モップと戦うわ！」

「は？」

驚いて眼鏡を手で押さえるライモンドの肩越しに、笑顔でモップを持ち上げるレナートが見えた。

ずかずかと部屋に入り、それを受け取る。

「さっきまでそんなはしたないことはしない、と言っていたのに。この短時間でいったい何があったのですか」

私に突き飛ばされたライモンドが顔をしかめる。私はモップ片手に、腰に手をあてて仁王立ちした。

「おとなしくするのはやっぱり止めたわ。そんなの私じゃないもの。私は皆を守るために鍛錬してきたのよ。公爵になろうが、王太子妃になろうがそれは変わらない」

私の宣言に、レナートがぱあっと明るい笑顔を見せる。私はさらに声を上げた。

「どうして今まで培ったものを捨てなければ、なんて思ったのかしら。新たに淑女教育と王太子妃教育を受けて、私はさらにパワーアップするはずだったのに」

「さらにパワーアップか、頼もしいね」

すぐ目の前に立つレナートが笑う。先ほど、あんな悲しい顔をさせてモップを持たせてしまったことを申し訳なく思った。

「そうよ、ふふふふふ。今の私は、今までの私とは違うのよ」

「ほう」

レナートが少しだけ目を見開く。とても楽しそうだ。

「今までの私は身を挺してでも皆を守ろうと思っていたけれど、これからは違うわ。自分の身も守ったうえで、皆を守るわ。そのために、もっともっと強くならなきゃ。もしレナートとライモンド様が倒れても、二人を担いで走って逃げられるくらいに」

私はモップを高く掲げてそう告げた。

「私と殿下が動けなくなるような危機的状況、想像したくもありませんが」

はああ、と大きくライモンドがため息をつく。開けっ放しの扉から、ガブリエーレが姿を見せた。

「おい、声がでけえぞ。廊下にまで聞こえてるじゃねーか」

ずかずかと部屋に入って来るガブリエーレを見て、何かに気付いた様子でライモンドが手を打った。

「ああ、ガブさんがマリーア様に何か言ったんですね」

「バーカ、って言ったら覚醒した」

ガブリエーレの言葉に、レナートとライモンドがぎょっとする。

「誰がバカですって」

「自分でも認めただろ。バカだって」

「バカだったかも、って言ったんですぅ」

ガブリエーレと私が睨み合っていると、ライモンドがその間に入って手を差し込んで来た。

「ちょっとちょっと、止めてくださいよ。マリーア様も元気になりすぎですよ。ガブさん、殿下をお迎えに来たんでしょう？」

「ああ、そうだった」

ライモンドにうながされ、ガブリエーレが思い出したようにレナートを振り返る。

「レナート、馬車の用意ができたから呼びに来たぞ」

「もうそんな時間なのか」

レナートが顔をしかめ、時計を確かめた。どうやらレナートはこれから外出する予定があるようだ。ライモンドが上着と外套を持ってくる。

「はあ、せっかくミミがモップと戦うところを見れると思ったのに」

「私が代わりにしっかりと見ておきますから。後でご様子を詳細にお伝えいたしましょう」

肩を落とすレナートに、手早くライモンドが上着を着せる。

「何でライモンドまでマリーアの奇行を楽しみにしてるんだよ」

扉の横の壁に寄りかかって待っていたガブリエーレが呆れ声でつぶやいた。

近隣諸国をまわる新婚旅行を終えたアイーダとプラチドが帰って来た。新婚旅行とはいえ、やはり王族の外遊である。日々、各国の要人の訪問があり、それほどゆっくりとはできなかったようだ。アイーダは到着するなり自室に戻って休んでしまったので、プラチドは一人で私の部屋にやってきた。後ろにいる側近がお土産を両手にいっぱい抱えている。

「これ、ほとんどアイーダからミミちゃんへのお土産」

「多すぎじゃない？　私が何人いると思ってるのかしら、アイーダったら。あはは」

テーブルの上に並べられたお土産の箱を一つ一つゆっくりと開けながら、私は笑った。

「馬車を降りる度に、ミミちゃんにお土産を買っていたからね。何を見ても、ミミが喜びそう、って言ってさ」

「そう、アイーダが旅行を楽しめたようで良かったわ。すぐに部屋に引っ込んじゃったから心配してたの。プラチド殿下はどうでした？」

箱から出した奇妙な置物をテーブルに置き、私はたずねた。置物は両手を高く挙げた人間のような形をしている。立たせようとしてもすぐに転がってしまう。逆さまにして置くとやじろべえのようにゆらゆらと揺れた後、ぴたりと止まって逆立ちした。とてもバランスの取れるようなポーズではないのだけれど、なぜか上手に立っている。

「うん、まあね。王太子でもない僕にもあんなにたくさんの人が訪問してくるとは思わなかった。兄上とミミちゃんだったら、もっと忙しくなるだろうね」

「そんなの蹴散らしちゃうから大丈夫」

「け、蹴ったらダメだよ、ミミちゃん」

「プラチド殿下はあんまり楽しめなかったの？　暗い顔をしているけれど」

「えっ、そんなことないよ。旅行は楽しかったよ！」

笑顔でそう言うものの、プラチドはお土産の一つである、真ん丸い羊のぬいぐるみを手のひらの上でころころと転がした後、軽くため息をついた。

「まったく、兄弟そろって思い悩むと黙り込むのね」

私が呆れると、プラチドは羊の鼻を人差し指でぎゅっと押した。そして、ゆっくりと目を伏せて口を開いた。

「実はさあ、机の上に置いておいたはずのパオリーノが、なぜか旅行鞄の中に入っていたんだ」

いったいどんなトラブルがあったのかと思っていたのだが、プラチドの予想外の返事に私は瞬いた。プラチドはうつむいたまま、言いにくそうに膝の上の手を握っては開いてを繰り返して言葉を探しているようだった。

「パオリーノがいないと思ったら、やっぱり連れて行っていたんですね」

「連れてくつもりはなかったんだけどね。なぜか、……いたんだ。荷物をまとめた側近たちに聞いても知らないって言うし。偶然紛れ込んだんじゃないかって」

「別にそんなに大きなぬいぐるみじゃないから、それほど邪魔にはならないと思いますけど」

「うん、邪魔にはなってないよ。ただ」

「ただ」

「僕がつまずいたり、忘れ物をしそうになったりする度に、なぜかいつもそこにパオリーノがいたんだ」

　プラチドが静かに顔を上げ、真正面から私を見つめる。いつものにこやかさがまったくなくなっている。

「え。私、こわい話はちょっと」

「僕だっていやだよ」

　私が身じろぎすると、プラチドにじろりと睨まれる。

「ほら、ミミちゃんは帝国の呪術師の呪いもその髪飾りのパンチで返してたでしょ。何かこう、ムーロ王国って、そういう解明されてない未知の力みたいなのがあるんじゃないの」

　プラチドの言っている意味が分からなくて、私はポカンとした。もしかして、テオドリーコの持って来たパオリーノにそういった不思議な力があるとでも思っているのだろうか。

「やだあ、殿下ったら。パオリーノはただのぬいぐるみですよ。小さな頃からテオが可愛がっていた普通のぬいぐるみです。確か、父が国王陛下の護衛でどこかへ行った時のおみやげだったはずよ」

　私が声を上げて笑うと、プラチドの顔がいっそう暗くなった。

「ミミちゃんのお父さんが買ってきたのか……。なおさら何かありそう」

「失礼な。父を何だと」

「ミミちゃんのお父さんでしょ。普通じゃないよ、きっと。会ったことないけど」

　アイーダから父の話を聞いているのかしら。微妙に悪口の気がしてきたわ。

「とりあえず外国帰りだから、パオリーノは洗濯に出しているんだ。テオドリーコが戻ってきたら、返そうと思ってる」

「あら、そんな遠慮せずに」

「遠慮じゃないよ。正直、ちょっとこわいよ」

　プラチドが手のひらの上で羊のぬいぐるみを転がす。首についた小さな鈴がちりん、ちりんと軽い音を鳴らす。

　きっと受け取らないと思うけど。

　私はそう思ったけれど、黙っておいた。まあ、もしかしたら、テオドリーコもパオリーノのことを恋しく思っているかもしれない。その時は持って帰らせればいい。

　テオドリーコは家族たちと一緒に、来週ルビーニ王国を再訪する。私と仲の良かった同級生たちもやって来る。

つまり、私とレナートの結婚式が来週に迫っているのだ。

「ミミちゃん、レナート殿下。ご招待ありがとう」

ぞろぞろと護衛や従者を引きつれ、ニコラスが王城にやって来た。ニコラスはしっかりとマリリンの手を握っている。

二人はあの後、帰国してすぐに結婚したそうだ。マリリンは正式にニコラスの妻となったのだけれど、護衛も相変わらず続けているらしい。以前と同じ軍服を着てキリッと眉を上げてこちらを見ている。

「ようこそ、ニコラス殿。ゆっくりと我が国を満喫してゆくと良い」

そうレナートに声をかけられ、二人は礼儀正しく頭を下げた。

せっかく来たのだからお茶でも、と言ったのだけれど、ニコラスは王城の入り口近くの応接室で挨拶だけ済ませてすぐに帰ってしまった。この後、王都のいろいろな店を予約しているらしい。なかなか来ることのできないルビーニ王国を、一秒たりとも無駄にせずに観光したいのだそうだ。何やら、のどかな村の教会で何回目かの結婚式を挙げるとか。

「王城の豪華絢爛な応接室も、最高級の紅茶やお菓子も、ニコラス様にとってはさほど珍しいものではないのでしょうね」

ニコラスたちのアポなし訪問にスケジュールを乱されたライモンドが、去って行く馬車を見送りながらそう言った。彼らはソファに腰掛けることもなくさっさと帰って行ったので、今から執務に戻れば遅れはそれほどではない。ライモンドの機嫌は先ほどよりは良くなっていたので、レナートの他の側近たちは無表情のまま胸をなでおろしていた。

　私に声をかけようとしていたレナートの背をぐいぐいと押して、ライモンドが執務室に戻って行った。私はというと、ロザリアの侍女たちに連れられ、王城の広い控室に押し込められている。

　ウェディングドレスと披露宴で着るドレスの最終調整、アクセサリーの確認。私が予想外の動きをした時のことも考慮して念入りに修正を入れていた。

「これだから田舎者は困りますわ。無作法の極みですわね。このままでは後見している我が侯爵家の恥となってしまいますもの。本当に不本意ですけれど仕方ありませんわ」

　ロザリアに罵られながら、私はドレスを着て一人くるくると回転をしている。さっきまではジャンプをし続けていた。パンチやキックも散々させられた。それでもこのドレスは破れない。完璧だ。さすがピノッティ侯爵家。

「アクセサリー類は全てレナート殿下がお選びになった素晴らしいものですわ。さすが殿下ですわね。あなたとは大違いですわ」

　大きなアクセサリーケースの蓋を開いて、ロザリアが高笑いする。

　移動するたびにイヤリングやネックレスを替えるのだそうだ。聞いたところ、アイーダもそうだったらしい。全く気付かなかった。気付かないものを替える必要はあるのか、と以前うっかり口にしたら、烈火のごとく長々と説教されたので、私は箱を覗き込んで静かに頷いた。

アクセサリーケースの蓋を閉め、侍女が丁重に金庫に仕舞う。

「ロザリア様はどんなの着けるんですか？」

「わたくし？　わたくしはもちろん最高級の宝石をあしらったデザインの」

「皆でお揃いにしましょうよ」

「は？」

私の軽～いお誘いにロザリアが眉間にしわを寄せ、黙る。

「学生時代に女の子たちがお揃いのグッズ持ってるのうらやましかったんですよね。私、この髪飾り以外のアクセサリーとか着けてなかったし、そもそも仲の良い女の子いなかったっていうか」

「まあ、心を許せる友人もいないだなんて。よっぽど人望がなかったんですわね」

「ある日女の子たちがたくさん教室に押し寄せてきて、特定の子たちをひいきしないでくれって言われて。全員と平等に接するようにお願いされたんです」

「それってファンクラブなんじゃ……」

「せっかく仲良くなったんだから、ロザリア様、お揃いで披露宴に出ましょうよ」

ロザリアの眉間のしわが深くなり、口が大きくゆがんだ。かと思ったら、ぷい、とそっぽを向いてしまった。

「花嫁と同じ装いをするだなんてマナー違反、わたくしがするわけがないでしょう」

「マナー違反なんですか。知らなかったわ。ごめんなさい」

　素直に私が謝ると、ロザリアは横目でちらりとこちらを見て、そっとため息をついた。

「ま、まあ、普段使いのものであれば、考えないこともありませんわ」

「やったあ。楽しみです」

　私は飛び上がって喜んだ。

「勘違いしないでくださいませ！　王太子妃が身に着けているものは、この先流行るということ。我が侯爵家がより潤うように……ちょっと、聞いていますの!?」

　私はそのまま広い控室を走り回り、最後に宙がえりをした。無事着地すると、侍女たちが拍手をしてくれる。両手を高く上げても、ドレスは破れたりしない。これなら式中に敵に襲われてもすぐに撃退できるだろう。


　馬が激しく走る音を響かせて、アンノヴァッツィ公爵家の家紋の入った馬車が、次々と王城の門をくぐって入って来る。護衛と称して弟子たちもたくさん来るし、姉たちはそれぞれの夫や婚約者を連れて来るので、我が家だけでかなりの大人数だ。

「あのスピードで五台の馬車が走って来ると、さすがに圧倒されるな」

　出迎えに来ていたレナートがつぶやき、私は恥ずかしさに身をすくめた。

　あっという間に馬車回しにやってきた馬車からは、まだ姿の見えない姉たちの声が聞こえる。どうやら窓越しに会話をしているようだ。絶対に今話さなくてもいいような内容に決まっている。一緒にいるはずの夫や婚約者の皆さん、どうか姉たちの口を塞いでください。

　私の祈りが通じたのか、話し声が止んだかと思ったら姉たちがぞろぞろと降りて来る。すると、また姉たちの姦《かしま》しいとしか言いようのない話声が聞こえてきた。

　二番目の姉ニーナは夫のバルトロメイと一緒に王族用の馬車で来るようで、まだこの場にはいない。もしいたら、さらにうるさかったことだろう。

　最後の馬車には荷物が積んであったようだ。出迎えに来ている私たちをそっちのけで、荷物を担いだ弟子たちが、それはこっちだ、あっちだ、と騒いでいる。

　到着しただけでお祭り騒ぎの我が家の有様に、私はほとほとうんざりした。

「公爵の姿が見えないようだが」

　目を凝らして馬車の方を眺めていたレナートが気が付いた。

「うちの父は国王陛下の護衛なので、王家の人たちと一緒に来ると思うわ」

「なるほど」

　私たちの結婚式には、ムーロ王国の国王夫妻が参列してくれる。王太子バルトロメイは、ニーナの夫としての参列となる。暴走するであろう私の父を抑えてもらうために、是非とも来てくれるようお願いしたのだ。現在、ムーロ王国はバルトロメイの弟の第二王子が留守番をしているはずだ。

「もう、レナートを待たせるだなんて何やってるのかしら。私、ちょっと呼んで来ます」

「では、私も一緒に行こう」

王城のエントランスを出た私とレナートの後ろに、ライモンドとガブリエーレが続く。弟子たちがこちらに気が付いて、にこやかに手を振っている。他国の王族に対して馴れ馴れしすぎではないだろうか。

「ちょっと、あんたたち！　手を振るんじゃなくて、きちんと礼をしなさい。もう、レナートがそんな気安く手を振り返すから……」

「うわあああ――――ん」

弟子とレナートを注意しかけたその時、子供の甲高い泣き声が響いた。これは、テオドリーコの声だ。

「テオ!?」

あの子が声を上げて泣くだなんて、一体何が起こったのだろう。私は駆け出した。

「ごめんって言ってるじゃない、テオ。泣かないでよ。そんなに痛くないでしょ」

三番目の姉、サンドラの声が聞こえた。

「あらあら、びっくりしたのよねえ。テオ？」

そして、のんびりとした母の声。

「そんな謝り方じゃだめよぉ、サンドラ。子供相手だからって」

母よりももっとのんびりと長女のイデアが言うが、その声は笑いを含んでいる。

「あーあ、泣かしちゃったー、いけないいんだー」

最後に聞こえた声は、四番目、私のすぐ上の姉のジョンナだ。

「テオがちっちゃくって見えなかったんだもの、仕方ないじゃない」

「スカートに巻き込まれて転んじゃったのねえ。災難だったわねえ」

「うわーん、うわーん」

「受け身の練習がまだ足りないのかしらぁ」

「気取ってベール付きのトーク帽なんてかぶってくるからよ。隠すほど品のある顔してないくせに」

「日除けよ！　私は日焼けしやすいのよ、あんたと違って」

「うわあああん」

「あなたたち、子供の頃から外にばかりいたでしょう。何を今更」

「お父さんに蹴られた時の方がよっぽど痛いでしょ。ごめんってば。ほら、立って」

「乱暴にしちゃだめよぉ、サンドラ」

「うわあああん」

うるさい。うるさすぎる。そして、とてつもなく恥ずかしい。

後ろにいるガブリエーレが笑いをこらえている気配がしている。

「もう、姉さんたちったら、やめてよ。恥ずかしい」

やっと姉たちのもとに近付いた私が声をかけると、ジョンナがパッとこちらを振り向き、テオの膝にあてていた手を勢いよく私へ向けて叫んだ。

「痛いの痛いのぉぉぉー、飛んでいけぇぇぇぇ！」

「うっ、うぐぅわぁぁ――」

私は両手で胸を押さえて地面に膝をついた。

「ミミ!?」

レナートの驚く声が聞こえたが、私は胸を押さえたままその場に倒れ込んだ。

「ぐっ、ううう、……よ、よくも、やったわね……ジョンナ姉……許さな……ぐはっ」

私は胸を掻きむしりながら、地面に転がってもだえる。最後に伸ばした震える右手の先には、目を見開いたテオドリーコがいた。苦痛に歪む私の顔を見たテオドリーコの菫色《すみれいろ》の瞳が大きく見開かれる。

「あはははははは、ミミ姉さまおもしろ――い」

テオドリーコは私の姿を指さして笑い出した。痛かったはずの足をばたつかせ、とても楽しそうだ。姉たちが慣れた手つきでテオドリーコを抱き上げる。

複雑な思いを抱いたまま、私はゆっくりと起き上がった。膝を立てると、すぐそばにいたレナートが手を差し出してくれる。

「テオドリーコの元気が出たようで良かった」

「ソウデスネ……」

私はレナートの手を借りて立ち上がった。

騒々しい私たちに目が点になっているルビーニ王国の騎士たちを尻目に、弟子たちがえっさかほいさと荷物を担いで王城に入っていく。その先のエントランスでは、お腹を抱えてうずくまるプラチドと、彼の背中をさするアイーダの姿があった。

王城の応接室で、私は同級生たちとの久しぶりの再会を楽しんでいた。

早めに到着して観光を楽しんでいる人もいれば、仕事や家庭の事情で式当日にやってくる人もいる。それでも皆、こうしてまず私に会いに来てくれるのがとても嬉しかった。

今日は、とりわけ仲の良かったオデッタとその夫のステファノが挨拶に来てくれていた。二人とも学校の同級生だ。

「久しぶりね。オデッタとステファノ。元気そうで良かったわ」

「ミミも元気そうね、相変わらず」

「マリーアが元気じゃないわけないだろ、あはは」

ステファノの軽口に、私たちの傍らで紅茶を淹れていた侍女もくすりと笑う。二人は幼馴染み同士で、学校でも同じクラスだった。そして、そのまま結婚したのでとても息が合っている。毎日のように口喧嘩してはすぐに仲直りしていたので、当時からすでに『夫婦』と呼ばれていた。

「二人は今日到着したの？」

「ああ、さっきだ。まずは王太子妃様にご挨拶しなきゃと思ってさ。なあ？」

ステファノがオデッタの腕を肘で小突く。やめてよ、と言いながら腕をさするオデッタも楽しそうだ。

後でメモろう。そういった甘いやりとりを勉強中の私は、先ほどのオデッタの仕草を見てそう思った。

「ミミがまさか本当に王太子妃になるだなんて、まだ信じられないわ」

オデッタが品よく紅茶に口を付ける。彼女自慢のストレートの金髪が肩から落ちる。それを自然な動作でステファノが指ですくい上げ、後ろに流す。

「私も信じられないくらいだもの。ムーロ王国での私を知っている人が聞いたら誰だってそう言うと思うわ」

「てっきり王太子妃の護衛の聞き間違いだと思って、俺は百回聞き直したよ」

「百回は言い過ぎでしょう！」

「いいや、聞いたね。あー聞いた聞いた。間違いなく聞いた。だって、お前、ジャコモと二人で街の……モゴゴッ」

「わあああ！」

私はあわててステファノの口を両手で押さえた。

「そうよね、ジャコモとあんなことをするような……モゴモゴ」

「こっちもか！」

今度は片手でオデッタの口を押さえる。オデッタとステファノは顔を見合わせた後、コクコクと何度も頷いた。余計なことは話さない、という合図だろう。そっと手を離せば、二人は口を閉じたまま私が話し出すのを待っている。

「その話は絶対に口にしないで、って、手紙に書いたでしょう」

「ああ、その件だけど」と、ステファノがポンと手を打つ。

「マリーア。お前、あの手紙、何？　所々が黒塗りになっていて、すげー怖かったんだけど。その様子だと、あの話をするな、って書いてあったわけ？」

「え？　黒塗り？」

私の驚く声に大きく頷いたオデッタが眉をひそめた。

「そうよ、いったい何が書いてあったのかしら、って不思議だったわ。他の友達たちにも聞いたけど、同じように黒塗りされた箇所があったそうよ」

「お前、検閲で引っかかるようなこと書くなよ、ははは」

私は首をひねって考えた。考えすぎて、頭が床に付きそうになった。

「ジャコモとの例の一件は、決してルビーニ王国の人には口外しないで、って書いたのよ。ルビーニ王国の秘密を洩らそうとしたなら分かるけれど、どうして私の秘密に関する部分が検閲に？」

私が書いた手紙が王城で検閲されているのは知っていたけれど、なぜそんなところが消されているっていうの？　しかも、言わないでって部分が消されてるってことは、逆に言ってほしいってことで……。

「確かに、これから結婚を控える身にとってはあまり言ってほしくない内容よね」

オデッタが口に手をあてて、意味深に笑う。ステファノもその理由に気付いたのか、悪い顔をして口の端を上げた。

「ジャコモはまだ到着してないのか？　あいつ、鈍いから聞かれたら絶対ベラベラしゃべっちゃうだろ」

「ひぃぃぃ」

ステファノの言う通りだ。あの人ったら、ほわほわしているから、さっと全部しゃべってしまうだろう。それに、私は手紙を黒塗りにしたであろう人物に心当たりがある。ジャコモと私の関係をやたらと気にしていた……。

「レナートに違いないわ」

私のつぶやきに、オデッタが目を輝かせる。

「ねえ、今日はレナート殿下はいらっしゃらないの？　お会いするのすっごく楽しみにしてたんだけど！」

「レナート？　今ちょうど、他国の大臣だかが来ていて、そっちに行ってるのよね」

「なあんだ。じゃあ、明日の前夜祭まで我慢するわ」

オデッタが残念そうに肩をすくめ、それをステファノが睨んだ。二人はその後、ちょっとだけ揉めたけれど、学生時代と同じようにすぐに仲直りして笑い合い、王城を後にした。

人前でいちゃつきすぎよ。私はその言葉を呑み込み、去ってゆく二人の後ろ姿を眺めていた。

「何と言いますか……同級生の方たちの訪問は普通なのですね。アンノヴァッツィ公爵家の来訪を見たせいか、心ならずも期待してしまっておりました。私もまだまだですね」

ライモンドが苦笑いしながら頬を掻いた。その気持ちはよく分かる。だからと言って、ムーロ王国民が全員やかましいというわけではないのだ。失礼なことだ。

他国の大臣との挨拶を終えたレナートはその足で、やっと到着したムーロ王国の王族たちに会いに行ったそうだ。

執務室でレナートの帰りを待っていた私は、ソファに座って少しだけウトウトしてしまっていた。それがどうしてだろう、気付いたらソファに横たわって爆睡していた。枕代わりに頭の下には柔らかいクッションが置かれ、体にはブランケットがかけられている。もしかしたらいびきも掻いていたかもしれないし、寝言も言っていたかもしれない。そう思ったら、すっかり起き上がるタイミングを逃がし、こうして薄目でレナートとライモンドの会話を盗み聞きしているのだ。

「王太子の結婚式だけあって、来客との面会が続いていますからね。さすがのマリーア様もお疲れなのでしょう」

　ライモンドの声と一緒に、ふわりと淹れたての紅茶の香りが漂って来る。やばい、ちょっとだけお腹が空いてきたような気がする。

「ミミはその合間に衣装合わせに何度も呼び出されていたからな。座る暇もなかったようだ。起こさなくていい、寝かせてやってくれ」

「かしこまりました」

　すっかり目は覚めているのだけれど、二人の優しさのせいで余計に起き上がることができなくなってしまった。騒々しい姉かテオドリーコがこの部屋に飛び込んできてくれれば自然に起きることができるのだけれど。

「それにしても、ジャコモとやらはまだ到着していないようですね」

　ライモンドの声に、思わずピクリと肩が揺れてしまった。わざとらしくムニャムニャと言ってみる。ごまかせただろうか。

「ジャコモの到着がいつになるのか調べられないのか」

「個人的な興味のみで他国の一貴族の予定を探るのもどうかと」

「ふむ……仕方がない、到着したらすぐに知らせてくれ」

「かしこまりました」

　ジャコモ、あなた一体、何したの？

　私は目をつむったまま青ざめた。

　他国の王太子にこんなにも執拗に執着されるだなんて、あの人何かしちゃったのかしら。でも、犯罪に手を染めるような人ではないはずだし。とりあえず、レナートたちよりも先にジャコモに会って確認しなきゃ。

　私が頭を悩ませている間に、レナートとライモンドは仕事の話に戻った。二人の声を聞いているうちに、だんだんとそれが子守歌のようになってきて、私はいつの間にか再び眠ってしまっていたのだった。


「おい、マリーア起きろ！　いつまで寝てんだよ！」

「ふぁっ!?　地震!?」

　激しくソファが揺れると同時に、ガブリエーレの怒号が響いた。

「寝るんなら自分の部屋で寝ろよ」

　時計を見ると、うたた寝とは言い難いくらい眠ってしまっていたようだ。起きるタイミングを逃がしていた私はガブリエーレに密かに感謝した。

「私は別にミミがいてくれてもかまわない」

「私もです」

「お前らマリーアを猫か何かだと思ってるだろ」

腕を組んだガブリエーレがレナートとライモンドを叱る。置きっぱなしの冷めた紅茶を一口飲んで喉を潤し、私は立ち上がった。

「ガブリエーレの言う通りね。そろそろ帰ろうっと。ロザリア様に呼ばれてた気もするし」

「そのロザリア様のところに、お前の弟が突撃していたぞ」

「ええっ」

「呼びに来てやったんだから、感謝しろよ」

「わー！　とんでもないことやらかしてそう！　ありがと、ガブガブ！」

「ガブガブってやめろ！　おい！」

腰のリボンに伸ばされたガブリエーレの手をすばやく避け、私は部屋を飛び出した。

「マリーア様はすっかり元気になられましたねえ」

「ああ。少し厳しくしすぎたかと心配していたのだが、元に戻って安心した」

執務室からはレナートとライモンドの穏やかな会話が漏れ聞こえていた。


案外ロザリアは子供の扱いに長けていた。元気の有り余ったテオドリーコを笑顔でいなし、さっさと部屋から追い出したらしい。激怒しているかと思ったが、子供にはそれなりに優しいようだ。

今夜は結婚式の前夜祭が行われる。王太子の結婚ともなると、三日間かけて国中で祝うのだ。国の端っこの小さな村までワインとケーキが配られ、そこかしこでお祭りが行われている。

午前中のわずかな時間に、私は姉たちと独身最後のお茶会を開いていた。お茶会といっても私たち姉妹のことだ、ただのおやつタイムである。途切れることのない会話を楽しんでいたら、突然部屋の扉が開かれた。全員そろって振り返ると、そこには我が家の弟子の一人であるマッキオが立っていた。

「失礼します、お嬢様。こ……」

「本当に失礼ね、マッキオ」

「ノックぐらいなさい」

口々に姉たちに責められ、辟易したマッキオが反論する気を失くして口を閉じる。

「マッキオ、何か用事があったんでしょう？」

私が声を掛けると、うつむいたままのマッキオが視線だけこちらに向けた。

「俺は一応何度もノックはしましたからね？　返事がないから扉を開けただけで。お嬢様、公爵がやっと到着したようですよ」

「え？　お父さん、まだ来てなかったの？」

「気付いてあげてくださいよ」

「姉さんたちとテオが来てから、毎日騒がしくって」

えへへ、と笑うと、マッキオが顔をしかめる。

「陛下と私たちの護衛はマッキオとゴッフレードたちだったじゃない。お父さんはいなかったでしょう。見てなかったの？」

ニーナがポイとマカロンを口に放り込む。一応、人前では王太子妃らしくお淑やかにしているニーナだけれど、私たちの前ではいつも通りだ。

「急ぎの用事でもあったのかと思ったのよ」

私がそう言うと、全員が急に黙った。ジョンナがチョコパイをサクサクと噛む音が響く。イデアは持ち上げたティーカップに口を付けるわけでもなく、ただ胸の前でゆらゆらと揺らしている。サンドラと目が合ったが、すぐに逸らされてしまった。

「どうしたの？　姉さんたち。急に黙っちゃって」

「……ほら、マッキオ。花嫁が聞いてるわよ。説明してあげなさいよ」

「えっ、俺が？」

ニーナに目配せされ、マッキオがたじろいだ。周りを見回したものの、壁際にいる姉たちの侍女や護衛たちの期待の視線に根負けし、頭を掻きながら口を開く。

「ええと、公爵が、その、……行きたくない、と出発前に駄々をこねまして」

「駄々!?」

私は思わず声を上げた。サンドラがずずず——っと紅茶をすする。

「出発する数日前から様子はおかしかったのよ。そわそわしてるかと思ったら、突然黙りこくったり。柱に向かって独り言をつぶやいていたり」

「お母さんにバチーンってお尻叩かれて、ちょっと泣いてた時もあったわ」

「それはいつものことじゃない？」

ジョンナとニーナが笑い合う。淡々とした姉たちの様子とは裏腹に、私はどんどん顔から血の気が引いて行った。

「お父さん、私の結婚に反対なの……？」

今夜から前夜祭が始まり、明日は結婚式。こんな直前になって、まさか反対されるだなんて。式にも出たくない、なんて言い出すつもりなんじゃ。

「反対してるわけじゃないわよ」

イデアが私の肩に手を置いて言った。

「お父さんだってミミの結婚は嬉しいのよ。でも、ほら、テオが生まれる前まではミミが家を継いでずーっと傍にいると思ってたわけじゃない。それが家を出るだけじゃなくて他国に嫁ぐと思ったら、さみしくなっちゃったみたい」

「だって、姉さんたちだって家を出てるじゃない。イデア姉さんだって国内とはいえ、家からは遠くに住んでるでしょ」

「子供の頃から家を出る予定だった私たちと、ミミとじゃ思い入れが違うのよ、きっと。知らないけど」

お父さんがさみしい？　肩に置かれたイデアの手が、急にとても重く感じた。式が終われば父も母も姉弟も帰国してしまう。私だけがここに残るのだ。

「とりあえず、奥様が公爵をなだめてますので、会ってあげてくださいよ」

マッキオに促され、私は戸惑いつつも立ち上がった。

マッキオを先頭に、私たちはぞろぞろと部屋を移動した。それぞれが侍女と護衛を連れているうえに、姉たちが連れてきた人たちは全員体格が良いので廊下がぎゅうぎゅうだ。私の侍女は埋もれて見えなくなっている。

奥の部屋からバッチ――ン！　と小気味よい打撃音が聞こえた。ああ、これは子供の頃からよく聞いていた、母が父の背中を叩く音だ。

「ほら、しゃっきとなさい」

開かれた扉からそっと中を覗くと、笑顔の母が丸まった父の背中を張り飛ばしたところだった。

「お父さん？」

そう声を掛けると、父の背中がビクッと跳ねたが、すぐに背筋が伸ばされる。ゆっくりと振り向いた父の顔は、相変わらず険しく鬼のようだった。

「おお、息災か。ミミ」

「見ての通りよ。お父さんこそ、どうしたの。なかなか到着しないから心配したわ」

私のしらじらしいセリフに、姉たちが笑いをこらえる。

「いないことにも気付いていなかったくせによく言うわね」

「ミミも思ってもいないこと言えるなんて、王族らしくなったじゃない」

振り返ってじろっと睨むと、姉たちが口を閉じた。ニコニコしている母の隣で、父は腕を組んで仁王立ちしている。

「お父さん、私の結婚に反対なの？」

「ちょっと、直球ー！　いきなりそれ聞いちゃう？」

またもや背後で姉たちがひそひそと声を上げる。

「やだ、あの子やっぱり何にも変わってないわ」

「昔っから、思ってたことすぐ言っちゃうんだから」

私と父に睨まれ、姉たちはやっと黙った。

父は一度だけ口を歪めたものの、いつもの厳つい顔で私を見下ろしていた。

「そんなわけがあるか。お前のような娘を本当に嫁にやっていいのか逡巡していただけだ」

父はさらに眉をひそめ、ふん、と鼻をならした。私だってそこそこ懸命に勉強しているというのに。父の中での私はまだ三年前のがさつなままらしい。

私が言い返そうと一歩前に踏み出した、その時――。

「心配ありませんよ、公爵。喜んでミミをもらい受けましょう」

「「うわあ！」」

私と父が同時に叫び、飛び退いた。父の後ろには、笑顔のレナートとライモンドが立っていた。

「い、いつの間に背後に……！」

「今来たところです」

驚く父に、ライモンドが中指で眼鏡を上げながらキッパリこたえた。

姉やマッキオもその場から動けないまま震えている。

「嘘でしょ、誰にも気付かれずに」

「ミミの言っていた通りだわ。お父さんが簡単に背後を取られるなんて」

「殿下だけじゃないわよ。あの側近も気配を消してたわ」

恐れおののく我が家の面々をそっちのけに、ライモンドは王城の侍女たちにお茶を用意するように指示している。

「公爵が到着されたと聞き、急いで挨拶に来たのだが……せっかくの親子水入らずを邪魔してしまっただろうか」

レナートが悩ましげに眉を寄せた。

「そんなことあるわけないじゃない！　レナートが来てくれてちょうど良かったわ」

「あ、ああ。こちらから伺うべきところ、ご足労かけて申し訳ない」

簡単に背後を取られたことに動揺しながらも、父は何とか平静を取り繕っているようだ。ソファに向かいつつも、背中を見せないようにしてレナートとは一定の距離を保っている。

全員の着席を待ってレナートが口を開いた。

「確かに私は王族ではあるが、これからは親族となるのだからそう身構えないでほしい。そう、バルトロメイ殿と同じように気さくに接していただいてかまわない」

その言葉に、私の家族が息を呑む。

ソファに姿勢良くかけたレナートは、明かりも当たっていないのに全身からキラキラとまばゆい光が瞬いている。長いまつげが影を落とす白皙《はくせき》の頬に、美しい金髪が触れる度に輝きが生まれている。ロバに乗った王太子バルトロメイと同じようになんて無理。全員の顔にそう書いてあった。

「うむ……では、息子として我が家に歓迎しよう」

父がレナートの目を見て頷いた。私を含め、全員がほっと胸を撫で下ろした。レナートの美しさと礼儀正しさに、駄々をこねるのは諦めた様子だ。

「それはそうと」

膝に手を置いた父が、身を乗り出した。

「殿下はなかなかの手練れと見える」

「え？」

「やはり王族ともなると護衛にばかり任せていられないこともあるのだろう。自ら身を守るための秘伝の術を心得ておられるようだ」

「公爵？」

「我がアンノヴァッツィ公爵家でも、そこまで完璧に気配を消すことができる者はそういない。さぞかし訓練を積んだのであろう」

「落ち着いて」

「師はおられるのだろうか。もし差し支えがなければ是非お会いしたい」

「いません」

「できることならば、一度手合わせもお願いしたいものだ」

「ライモンドでよければ」

「殿下!?」

だめだ。私は頭を抱えてうなだれた。

父は諦めたのではない。レナートの気配の消しっぷりに動転しすぎて、駄々をこねるのをすっかり忘れてしまっているだけだ。

このままでは父とライモンドの一騎打ちが始まってしまう。父の暴走を止めなければ。

そう思った時。

バッチィ――ン!

隣でほほ笑んでいた母が、父の背中を張り飛ばした。

「お父さん、しっかりね」

「……すまん……」

ちょっと涙目になった父が自分の背中をそっとさすった。驚いたレナートとライモンドが目を見開いている。プラチドがこの場にいなくて良かった。

　門を守る衛兵の影が暗闇に溶けた頃。王城の周りでは通常よりも多い兵が目を光らせている一方、前夜祭会場の大広間からは途切れることのない穏やかな談笑が続いていた。楽団の演奏に合わせてダンスを楽しむ者たちもいれば、久しぶりに顔を合わせ昔話に興じている者たちもいる。

　明るい笑い声の響くこの雰囲気を、私はにこやかに眺めていた。

　壁際で。一人で。

　主役なのに！

　早めにルビーニ王国に到着していた招待客たちが前夜祭を楽しんでいる中、満を持して私とレナートは会場に入場した。前夜祭は招待制ではなく自由参加の形を取っている。それでもたくさんの貴人が参加をしてくれた。

　他国のおもだった王族に軽く挨拶を済ませ、私とレナートはダンスを楽しんでいた。

　今夜のドレスは、歩くとスカートがふわふわと揺れ、軽くジャンプするだけで首元と腰から伸びる長いリボンが宙に舞う、ダンスすることをメインに考えられた動きやすいものだ。

　レナートは珍しく装飾の少ない燕尾服を着ている。いつもは景気よく付いている飾緒やサッシュなどもほとんどない。何でも、披露宴や結婚式とは花嫁が主役なのだそうだ。そこは王太子が主役なのではないかと思うが、レナートがそう主張して聞かなかったとか。とはいえ、装飾なんてなくとも、いや、むしろないせいでレナートの煌めく美しさが際立ってしまっている。

支度の終わった私を迎えに来たレナートの眩しさにしばらく目を細めていたが、一番驚いたのはその燕尾服の色が菫色だったことだ。そう、私の瞳の色だ。あわてて鏡を見れば、私は空色のドレスだ。スカイブルーのドレスです、なんて侍女に言われていたから気付かなかったけれど、それって空色ってことだ。私たちはお互いの持つ瞳の色で全身を彩っている。

一生に一度のことですから、見せつけてやりましょう！　と侍女たちに背中を押されたが、会場に向かう足取りは重かった。だって恥ずかしいし。妙に機嫌の良いレナートがそれに拍車をかける。

それでも、会場に足を踏み入れると見知った笑顔の面々が迎えてくれ、姉たちに声をかけられるとすっかり恥ずかしさなんて忘れてしまった。

レナートに手を引かれてダンスの輪に加わった頃には、楽しくて仕方がなくなっていた。だから、いつも通り途中から飛んだり跳ねたり回ったり、思うように踊った。どんなに私が自由に踊っても、さすがレナートは上手に受け流してくれる。宙がえりをした後、レナートの腕の中にすぽっと納まった時には、会場中が拍手喝采した。夢中になって気付けば二曲立て続けに踊っていたので、さすがにその場を離れた。

レナートは各国からやって来た王族の相手をしなければならない。もちろん王妃や王女ならば、礼儀として一曲は誘わなければならないのだ。

だから、私は壁際でぽつんとレナートと他国の王女が踊っているのを眺めている。次々と招待客たちが声をかけてくれはするが、誰も私をダンスに誘ってくれない。

おかしい。私が主役なのではないのか。

「ミミちゃん。さっすがのモテなさっぷりだね」

笑顔を張り付けたままレナートを目で追っていたら、背後から声を掛けられた。振り向くと、そこにはシックな黒の装いのイレネオが立っていた。彼もまた地味めとはいえ、やっぱりドレスシャツの襟元や袖口はひらひらしている。彼の変わらないチャラさに少しだけホッとした。

「イレネオ様。近付いてきているのは知ってたけど、私のところに来るとは思ってなかったわ」

「うーん。確かに可愛い女の子が選り取り見取りなんだけど、ジェントルな俺としては一人でぽつんと壁の花になってる花嫁は放っておけないからさ」

イレネオはそう言って軽くウインクすると、手をこちらに差し出した。一瞬、戸惑ってしまった私の手を勝手に握ると、ぐいっと引っ張って歩き出す。

「妃殿下と踊る栄光を、どうかわたくしめに」

空いた手を胸にあて美麗な笑顔でそうのたまったイレネオに、周りからため息が漏れる。腐っても王族の縁者、なんて言葉が頭をよぎった私は思わず噴き出してしまった。

少しだけ強引に手を引かれてホールの中央へ躍り出る。慣れているイレネオはすぐにリズムに乗って私をリードした。しばらくは周りに合わせ、基本のステップとターンを繰り返す。

「意外と普通に踊れるんだね、ミミちゃん」

「そりゃあ、次期公爵としても、次期王太子妃としても、厳しいダンスレッスンがありましたから」

「基礎はちゃんとできた上での、アレなのかあ」

　イレネオの意味深な笑みに私は首を傾げた。

「あんな自由なダンスを見せられて、さすがに誰もミミちゃんと踊ろうって気にならないよ。君に付き合えるのはレナートと俺くらいのものさ」

　イレネオはそう言うと、にっこりと笑った。そして、いきなりぐいっと手を引っ張ると、そのままぐるんと私を回転させた。私はその回転の速さに驚いたものの、バランスは崩さない。

「さっすが、俺の可愛いミミちゃん。もっとやっても大丈夫だよね」

「ちょっと、イレネオ様。何をするつもりですか」

　私の言葉に返事をすることなく、イレネオが先ほどよりも強く私の腕を引っ張った。そして、今度はぐるぐるぐるっと私を独楽《こま》のように回転させる。スカートが大きく広がり、会場からわあっと驚嘆の歓声が上がった。周りで踊っていた人たちが少しずつ距離を取って離れていく。

「あはは、楽しいね」

「どこがですか!?」

　イレネオは私の腰を両手で掴むと、ひょいと持ち上げてくるりと回った。そして、その勢いのまま手を離す。放り出された私は颯爽と身を翻して着地した。先ほどと同じ歓声がまた上がる。

いつの間にか目の前まで迎えに来ていたイレネオに手を引かれ、中央まで引き戻された。

「今のは私だったから無事に着地できたようなものですよ！」

「ミミちゃん以外にはこんなことしないよー」

あはは、と軽快に声を上げてイレネオは笑うと、強引なリードを続ける。

「今まで初心者から熟練の貴婦人までいろいろな女性と踊ったけど、ミミちゃんみたいな子初めてだよ。手加減しないから覚悟してね」

イレネオは乱暴に私の両手を持ち上げると、くるりと半回転させ、腰のリボンをがしっと掴んだ。そして、すぐにもう片方の手で私の膝に手を回し、私を高く持ち上げた。

「行っくよー」

「わああ」

イレネオは華奢に見えて意外と力があるようで、勢いをつけてポーンと天井目がけて高く、高く、私を放り投げた。

何なの？　レナートといいイレネオといい、ルビーニ王国の王族縁者って腕力すごすぎじゃない？

ろうそくの灯りに照らされた大きなシャンデリアが、キラキラと光をこぼす。談笑していた人々はポカンと上を見上げ、踊っていた人々も思わず足を止めた。クライマックスを迎えようとしている楽団の演奏が激しく響く。

宙に舞った私のドレスが大きく広がった。

「27！　空中回転！」

膝を抱え、くるくると回転しながら下降し、着地する直前で両手を広げた。右足から地面に着地する予定だったが、真下で待ちかまえていたイレネオが私を受け止めた。指揮者が両手を振り上げ、楽団が演奏を終える。

わあああ、と先ほどとは比べものにならない歓声と拍手が上がった。

イレネオは私を抱えたまま、笑顔で退場する。

「あはは、やっぱりミミちゃんは大したもんだよ。皆もすっごく喜んでるよ」

「もう！　こんなことしたら、余計に誰からもダンスに誘ってもらえなくなっちゃうじゃないですか！」

「そうだろうね！　でも、これで良かったみたいだよ。見てごらん」

イレネオの視線の先を追うと、そこには満足そうに笑うレナートがいた。ライモンドと一緒に拍手までしている。

イレネオがそっと私を床に下ろす。

「ミミちゃんが他の男と踊れなくなって、喜んでるみたいだよ」

「……それってどうなのかしら」

「レナートがいいならいいのさ。愛されてるってことだよ。良かったね、ミミちゃん。結婚おめでと」

背中をポンと叩かれ、私が前につんのめる。レナートのところまで送ってくれるのかと思ったが、イレネオは手を振ってさっさと去って行ってしまった。

「ミミ」

すぐにレナートが迎えに来てくれた。イレネオの姿はすでに見えなくなっている。でも、きっと今頃どこかで女の子に声をかけていることだろう。

「一人にしてしまってすまなかったね。もう義理は果たしたから、これからはずっと一緒にいるよ」

「私のことは気にしなくていいですよ。レナートは王太子の務めがあるのだから」

「ミミより大切なものはないよ」

私たちの会話に耳を澄ましていた人たちから、羨望のため息が漏れる。

「疲れてはいないか？　少し休憩を取ろうか」

「まさか。私はとっても元気よ」

「はは、そう言うと思ったよ」

レナートが目を細める。体力が有り余っていることをこんなに美麗な笑顔で喜んでもらえるだなんて、嬉しいやら恥ずかしいやら複雑な気持ちだ。

「ミミちゃん」

　アイーダの手を引いたプラチドが声を掛けてきた。二人も王族として、一歩前に進むごとに話し掛けられ、やっとここまで辿り着いたようだ。

「お疲れ様。さっきのダンス、ふはっ、すご、すごかったね。あはは」

　プラチドは手で口元を覆っても笑いをこらえることができないようだ。それに動じることなく鉄壁の微笑を浮かべたアイーダが、ちょこんと首を傾げて私に目配せをした。

「ミミ。向こうの方にムーロ王国からの同級生が集まっていたわよ。今日はまだ話していないのでしょう？　せっかくなのだから行ってきたら？」

「ありがとう！　アイーダ。そうするわ。ねえ、レナートも一緒に行きましょう」

「もちろんだ」

　私が見上げると、レナートは一瞬顔を引きしめた後、そう返事をした。そして、傍に控えていたライモンドをちらりと見る。

「私も行きますので、大丈夫です」

　ライモンドの声に小さく頷くと、レナートがゆっくりと歩き出した。普段よりも威圧感が増しているような気がする。目の前に広がる人の波が左右に分かれていった。

　そういえば、結局まだジャコモには会えていない。到着が遅れて前夜祭開始ギリギリになるとの連絡が来ていたのだった。だから、まだ彼を口止めできていないのだ。レナートよりも先にジャコモを捕まえなければ。

私はスカートを持ち上げ、早足でレナートを追い抜かした。

「ミミ！　おめでとう」

いち早く私に気付いたオデッタが声を上げ、それに続いて同級生たちが祝福の声をかけてくれた。

正装した皆は少しだけ大人びて見えたけれど、明るく穏やかな笑顔は昔と変わらない。

「皆、ありがとう。レナートを連れてきたわ」

私がそう言うと、厳格な王太子モードだったレナートが優しくほほ笑む。そのギャップに全員がほわほわと頬を赤く染めた。

「忙しいところ足を運んでくれてありがとう。挨拶が遅れてしまって申し訳ない」

レナートの言葉に、全員がぶんぶんと顔を横に振る。初めて見る大国の美しい王太子の姿に言葉も出ない様子だ。

「もし王都を観光する予定ならば、それなりに優遇されるよう配慮する。遠慮なく申し出るといい」

「その際は、私にお申し付けください」

後ろにいたライモンドが恭しく礼をする。

「レ、レナート殿下、ありがとうございます」

ステファノがおそるおそる声を掛けると、堰を切ったように全員がレナートに話しかけ始めた。

あっという間にレナートは同級生に囲まれてしまった。私はその間に、ジャコモの姿を捜した。が、どこにも見当たらない。あんなに見つけやすい風貌なのに。

「ねえ、ジャコモはまだ到着していないのかしら」

小声でオデッタに尋ねると、彼女はきょとんとした後、苦笑いした。

「ちゃんと来てるわよ。あの人だったら、ほら、いつものところよ」

「いつもの？　……あ、そっか」

同級生たちにレナートを任せ、私はそうっとその場を離れようとした。

「んぐっ」

「ミミ、待て」

腰のリボンをしっかりと掴んだレナートに引き止められた。リボンは以前よりもかなり頑丈に改良されているので、どんなに抗っても振り切ることはできないようになっている。私はおとなしく足を止めた。

「ミミ、ジャコモに会いに行くのだろう。私も行く」

「な、なぜ……」

「さあ、さっそく行こう」

「ままま待って、レナート。あわわわわ」

レナートは私のリボンをしっかりと握り進んでゆく。連れて行かれるままに歩く私のドレスの裾がふわふわと揺れる。噛み合わない私とレナートの靴音。人前ではめったに見せることのないレナートの満面の笑みに、私は絶望した。

レナートは私のあの秘密を知っているんだわ。それをジャコモ本人の口から聞き出すつもりなのね。

「お、終わった……」

「何がだ？　ミミ」

震える私の顔を、レナートが心配そうに覗き込む。足を止めた私たちのそのすぐ先には、ルビーニ王国産の食材を使い贅《ぜい》を尽くした食事とデザートが並ぶ立食スペースがあった。

「あっ、ミミちゃん！」

懐かしい声がして、涙目の私はそろそろと顔を上げた。

「ジャ、ジャコモ」

「ミミちゃん、結婚おめでとう～」

ほこり一つついていない黒いジャケットに、糊のきいたシャツを着こなしたジャコモがこちらを見ていた。

「ほう、彼がジャコ……モ……？」

そう言いながら私の視線の先を追ったレナートが、思わず言葉に詰まった。

赤茶けたカラメル色の短い髪はつやつやと照り輝き、柔らかそうなつやのある肌はもちっとしている。ぷっくりとした丸い頬をさらに丸くして、ジャコモは糸目になるほど嬉しそうにほほ笑んでいた。関節を感じさせない赤ちゃんのような可愛らしい手には、ぎゅうぎゅうにケーキの載った皿が握られている。

トテトテと見た目の割には軽い足取りでこちらへ歩いて来るジャコモのお腹が揺れている。レナートの視線はそのお腹に釘付けだ。

「ミミちゃん、レナート殿下。ご結婚おめでとうございます」

深々と頭を下げるジャコモは、大きなお腹がつかえて少し苦しそうにしている。レナートがすぐに頭を上げることを許すと、はああ、と安堵の息を漏らした。

「彼女は僕の妻のヴィヴィアーナです」

ジャコモに紹介され、ヴィヴィアーナが一歩前へ出る。真っ赤な髪を品よく結い上げ、手首の埋まったコッペパンみたいな腕でスカートを持ち上げて礼をした。たっぷりとした顎肉とふくよかな胸元とハムみたいな張りのある出っ張ったお腹が揺れる。

「ヴィヴィアーナも久しぶりね。殿下、ヴィヴィアーナは私たちの二つ上の先輩なの。二人は結婚したばかりの新婚さんよ」

「ミミちゃん、結婚式には豪華なお祝いをありがとう」

「式に行けなくてごめんなさいね。帝国の人たちが来ていて帰国できなかったの」

「わあ、すごい。もう公務を頑張ってるのね」

ジャコモとヴィヴィアーナは手を取り合ってはしゃいでいる。

「君がジャコモ卿か。噂はかねがね耳にしていた」

レナートが手を差し出し、二人は握手した。想像よりもずっと感触が心地よかったのか、レナートがジャコモの手をムニムニと握り続けている。

「僕の噂、ですか？」

レナートに手を握られたまま、ジャコモが首を傾げる。

「ああ、ミミと……非常に、とりわけ仲の良い、……学友だったと」

ジャコモの手を放さないまま、レナートが眉をひそめて言い放った。その言葉に、ジャコモが嬉しそうに目を見開く。

「ああ！　そうです。僕とミミちゃんはとっても好みが合うんです。懐かしいなあ。そうそう、街のデザート……」

「ジャコモォー！」

私は両手でジャコモの口を塞いだ。彼の弾力のある頬にムニュッと私の指が埋まる。

「私も覚えているわ。あれは今でも学校の伝説になってるのよ。街のデザートビュッフェを出禁になった話」

「ヴィヴィアーナ！」

ジャコモと握手したままのレナートが邪魔で、ヴィヴィアーナの口を塞ぐことができなかった。

まさかそっちの口からばらされるとは思わなかった。

「デザートビュッフェを出禁とは？」

　レナートがヴィヴィアーナに尋ねる。レナートに視線を向けられ、照れたように頬に手をあてたヴィヴィアーナが頷く。

「ええ。ミミちゃんは商店街のくじ引きで、デザートビュッフェが評判のお店の無料券を二枚当てたんです。二人はその無料券で店のデザートを食べ尽くしてしまって、出禁になったんですよ」

「僕とミミちゃんは街のスイーツを楽しむサークルに所属していました。毎日放課後にスイーツを食べ歩いていたら、ミミちゃんはあっという間に十キロ太ってしまって。お父さんに怒られて強制退会になっちゃったんです」

「あ、……あああ……出禁だけでなく退会の話まで……」

「ほう。それは初めて聞いたな」

　レナートが興味深げに二人の話を聞いている。

「殿下。手、手」

「あ、すまない。離し難い手だったもので、つい」

　ライモンドに注意され、レナートはムニムニとジャコモの手の感触を楽しみ続けていた右手を離した。

「なるほど……それがミミの秘密だったのか」

「ううう、知られたくなかった……」

「正直、期待外れだったな」

レナートが額に手をやり、苦笑いする。その後ろで、ライモンドがほっとした様子で息を吐いた。

いったい何を期待していたのだろうか。

「ミミちゃん、さっきのダンスすごかったね。全然変わらない自由なダンスが久々に見れて嬉しかったよ」

「そう……喜んでもらえたのなら私も嬉しいわ……」

しょぼんと肩を落とした私の様子には全く気付かないジャコモが、笑顔でレナートを見上げる。

「殿下。ミミちゃんは僕とヴィヴィアーナの仲を取り持ってくれた恩人なんです」

「ミミが？」

自分の話に興味を持ったレナートの様子に、ジャコモは両手でケーキ皿をぎゅっと握り、丸い頬を揺らす。

「はい。僕や友人たちは、特に僕はこの見た目通りダンスが苦手で……。いつも夜会では会場の隅っこでこそこそしていました。でも、ミミちゃんの自由奔放なダンスを見たら、ルールや常識に従うことよりも、楽しむことが大切なのだと気付かされたのです。ステップなんて気にしなくてもいいんだ、と思ったら、勇気が湧いてきました。そして、ずっと気になっていたヴィヴィアーナをダンスに誘うことができたんです。僕だけじゃなく、友人たちも皆そうです。ミミちゃんのおかげで大きな一歩を前に踏み出すことができました」

ジャコモは一気にそう言うと、ハフハフと息切れした呼吸を整えた。プルプルと揺れる両頬がさくらんぼのように赤く色づく。その隣でヴィヴィアーナが嬉しそうに笑っていた。

「そうか。素晴らしい昔話をありがとう。君に会えて良かったよ、ジャコモ卿」

レナートがもう一度手を差し出し、二人は握手した。レナートが再びムニムニとその感触を楽しんだ後、惜しみつつ手を離す。そんなに気に入ったのか。

「殿下、そろそろ……」

ライモンドに声を掛けられ、私たちはジャコモたちと別れた。

「何だか見ているだけで幸せになるような甘い二人だったな」

レナートの言葉に私は勢いよく振り向く。

「そうでしょう！　さくらんぼの載ったプリンと真っ赤なりんご飴みたいな二人でしょう！　学生時代からずっとそう思ってたのよ。二人を見てるとお腹が空いてくるのよね」

「今日は王城の料理人たちが腕によりをかけて作っているはずだ。食べに行こうか」

「わあ、プリンあるかしら」

「ふふ、今日は食べ尽くさずに来客分も残しておくんだよ」

「レナートったら！　それはもう忘れて！」

私が叫ぶと、レナートが楽しそうに笑った。

換気のため開けられた窓から涼しい風が入り、談笑していた人々が振り返る。会話が途切れた夕イミングを逃がすことなく、紳士が淑女に手を差し出し、ダンスの輪が広がった。楽団の演奏は前夜祭が終わる夜更けまで続いた。

燃えて短くなってしまった髪もすっかり伸びた。侍女たちが今日のために特訓したというスペシャルバージョンのヘアアレンジは完璧だ。真っ白のウェディングドレスを着た私の頭に、母がティアラの付いたベールを被せる。

「あら、意外と可愛いじゃない。しっかりね、ミミ」

母がそう言って、私の背中をパチンと叩いた。

「ちょっとやめてよ。背中に痕がのこっちゃうでしょ」

「あはは、若いからすぐ消えるわよ」

「ちょっ、痛い！　イデア姉さん、やめ」

「お幸せにねーミミ」

「気合い入れなさいよ」

「おめでとー、ミミ」

姉たちに寄ってたかって背中を叩かれ、私は悲鳴を上げた。姉たちに交ざって侍女たちが楽しそうに笑い合う。仲良くなるのはいいが、侍女たちにも叩かせようとしているではないか。私はスカートを持ち上げて逃げようとしたが、ニーナに腰のリボンをがっしり摑まれる。

「ほら、花嫁は走らないのよ」

「だって、それは」

「つべこべ言わないの。もう時間よ、行きなさい」

私は迎えに来た騎士につれられ、控室を出た。姉たちは侍女に案内され、私とは違う方へ向かう。

騎士の後をついていくと、扉の前には盛装した父とベールボーイであるテオドリーコが待っていた。

「おお、馬子にも衣装とはこのことだな」

「姉さま、可愛いー！」

「テオー、ありがとう」

父を無視してテオドリーコに抱き着くと、父がムッとした表情で私を見下ろしていた。しばらくすると、プイッと顔を背け、扉をじっと睨んだ。

この扉の向こうには、レナートが待っている。レナートと私の家族、そしてごく近しい人たちが私の入場を待っている。

皆に会える嬉しさと、今日からムーロ王国民ではなくなるさみしさが私の胸に同時に押し寄せた。

「……お前を」父が扉を睨んだまま静かに口を開いた。

「私の一番の愛弟子であるお前を他国にやってよいものかどうか、ずっと悩んでいたが……。あんなに見事に私の背後を取れる者が相手ならば、不服はない。お前の結婚を許そう」

「そんな、今頃……」

私はそう笑ったものの、娘ではなく愛弟子という言葉が私の胸に沁み入るように広がった。

物心ついたときにはすでに始まっていた武術の鍛錬。令嬢としてたくさんのものを失ったけれど、それ以上のものを得ることのできたかけがえのない日々だった。父の指導がなければ、今の私はいなかっただろう。悔やむことなんて一つもない。愛弟子という言葉は、私の全てを認めてくれる最高の言葉だ。

「……ありがとう、お父さん」

「鍛錬を怠るなよ、ミミ」

父はそう言ってこちらを振り向くと、ガハハと笑った。吸い込まれそうな大きな口に、涙が引っ込んだ私も笑った。

「そこでだ、ミミ」

「ん？　何？」

父がニヤリと口の端を上げる。

「お前はここで、普通に入場するつもりか」

「普通にって、えっ、どういうこと。何するつもり」

「そう身構えるな。どうせなら、お前と私とでしかできない入場を見せてやろうではないか」

「私とお父さんでしかできない？　ハッ……まさか」

「他の者には言わなきゃ分かりもしないだろ。私も披露するのは初めてだ」

「確かにこんなこと最初で最後かもしれないわね。……跡継ぎでもあるテオにも実践して見せられるしね」

私と父に見つめられ、両手でベールを握っているテオドリーコが笑顔を返す。

「いい？　テオ。ようく聞いて」

私はしゃがみこんで、テオドリーコに耳打ちした。

二人の騎士がやってきて、礼儀正しく私たちに礼をする。ゆっくりと頭を上げると、二人同時に扉に手をかけた。

扉がゆっくりと開く。薄暗い廊下に眩しい光が差し込み、私は目を細めた。扉が全開になったところで、私と父は並んで大きく一歩、前へ踏み出した。

聖歌の流れる厳かな教会に、私たちのそろった足音が響き渡った。

アンノヴァッツィ武術、62！　元気よく行進。

60番台は、初代公爵が技を考えるのにちょっと飽きてきた頃に作ったどうでもいい技だ。他には、のんびり休憩、とか、カマキリのポーズで威嚇、とかだ。本当に役に立たないので、一番最後に習う。今では父と私しか知らない秘技である。テオドリーコは、ここまで到達することができれば次期公爵として正式に認められるのだ。ちなみに、70番台からは改心して真面目に考えたのでまともな技になっている。

　バージンロードを、大きく腕を振り、高く足を上げてずんずんと進む。ベールを両手で握ったテオも、これが秘技だとは知らないままに一生懸命足を上げて付いて来ている。

　最前列でプラチドがお腹を押さえて笑いをこらえている。その隣でアイーダが呆れながらもほほ笑んでいた。その後ろの席ではライモンドが眼鏡を上げてハンカチで涙を拭っている。王妃様が目を見開いてこちらを凝視し、その肩にはルビーニ国王陛下の手が置かれている。護衛騎士として壁際に並ぶガブリエーレが、口の端を片方だけ上げて笑っていた。

　母と姉たちは呆れ顔と笑い顔が半々だ。その後ろで、ゴッフレードとマッキオが嬉しそうにこちらを見ていた。ムーロ国王陛下と王妃様も、いつものことだ、と慣れた様子でほほ笑んでいる。隣で額に手をやり呆れるニーナと、それをなだめるバルトロメイの姿があった。

　見慣れたたくさんの優しい顔に見守られ、私はレナートの前にたどり着いた。

　ステンドグラス越しの灯りに照らされたレナートは、いつにも増して美麗だった。

　白地に金糸の刺繍が入った正装を着こなし、丈の長いマントを羽織っている。結わえきれなかった後れ毛の束が、彼の形の良い顎のあたりで揺れていた。長いまつ毛の下の空色の瞳はまっすぐに私に向けられ、口元は完璧な弓なりの角度を保っている。

　差し出されたレナートの手を取り、祭壇に上った。テオドリーコを小脇に抱えた父が、名残惜しそうに一度私を見上げた後、親族席へ向かう。

レナートの手を握ったまま振り返ると、参列している全員がそろって幸せそうな笑みを浮かべていた。その光景を目に焼き付けようと、しばらく見とれていたら、咳払いが聞こえる。慌てて前を向くと、司教が顔をしかめてこちらを見ていた。

ふふ、と笑い声を漏らしたレナートが、私の手をぎゅっと握り返した。

司教の祝福の声が高らかに響いた。

近しい人たちだけの式を終え、私たちは王城へ移動した。

これからバルコニーへ移動して、私たち王族が国民の前へ姿をあらわす。すでに窓の外からはたくさんの人々が集まっている声が聞こえていた。

束の間の休憩時間のはずだが、侍女たちに取り囲まれ化粧やドレスを直されている。少しだけお腹が空いたけれど、とても言える雰囲気ではない。丸いスツールに座り、されるがままの私は気を紛らわそうと違うことを考えていた。

えーと、これからバルコニーに出て手を振って、それが終わったら着替えて披露宴。陛下の口上があって、レナートの挨拶があって、壁際に美味しそうな食事があって、いや、違う違う。楽団が演奏を始めたら、レナートと二人だけでまずはダンス。曲の途中から他の人も参加して、マカロンみたいな色のドレスの女性たちがくるくる回って、さぞかしカラフルに違いないわ。シャンデリアからは、ピザから伸びるチーズみたいなシルクのリボンが垂れ下がっていて、その先にはローストビーフを丸めたような薔薇の花が……。

「ミミ、口を開けなさい」

アイーダの声に反射的に口を開けると、一口サイズのサンドイッチを放り込まれた。

「この先、まだまだ長いんだから。今からそんなんじゃ持たないわよ。はい、もう一個」

アイーダはそう言って、再び私の口にサンドイッチを放り込んだ。隣にいた侍女が、すかさずぬるめの紅茶を飲ませてくれる。どうやら考えていたことは全て声に出ていたようだ。

ソファには母と姉たち、そして王妃様が座って談笑している。王妃様の興奮具合がすごい。姉たちの今までの武勇伝に夢中になっているようだ。

ひと通りの支度が済み、私はやっと侍女たちから解放された。その連絡が届いたのだろう、レナートとライモンドが控室にやって来た。

「ミミ、ニコラス殿とマリリン夫人が来ているのだが、呼んでもよいだろうか」

「もちろんよ、レナート」

レナートの手を借りて立ち上がると、すぐにニコラスが元気よく部屋に飛び込んできた。

「マリーアちゃん、おめでとー！　天気が良くて良かったね！」

「ありがとう、ニコラス。マリリンは一緒じゃないの？」

「うん。ちょっと遅れてるんだ。もうすぐ来ると思うよ」

ニコラスは犬のように私の周りをぐるぐると回りながらしゃべっている。全方位からドレスを見ているのだろうが、首を回してニコラスを追わなければならないこっちの身にもなってほしい。ただでさえコルセットで苦しいというのに。

「レナート殿下とマリーアちゃんに、僕からプレゼントを贈ったんだ。いろいろ詰め込んだら、思ったより多くなっちゃったんだよ。先に伝えておかないとびっくりしちゃうと思ってさ。ごめんね、親族しか入れないところにお邪魔しちゃって」

ニコラスはそう言って、手を合わせて可愛らしく小首を傾げた。

「いいのよ。騎士や兵士がたくさんいる王城内にいたほうが、ニコラスの護衛の皆さんも安心するんじゃない？」

「あはは、そうかもね」

そんな話をしていると、閉じていた扉が慌ただしく開いた。いつの間にか姿の見えなくなっていたアイーダが、心配そうな表情で顔を覗かせる。その隣には、少しだけ顔色を悪くしたプラチドがいた。

「プラチド殿下、どうしたんですか？」

私の声にプラチドはちらりとこちらを向いてほほ笑んだものの、やはり元気がない。どうしたのだろう、とレナートを見上げると、レナートもまた困ったように眉を下げ、ほほ笑んだ。その隣ではライモンドも同じ表情をしている。どうやら事情を知らないのは私だけのようだ。

「失礼いたします」

慇懃《いんぎん》に礼をして扉をくぐってきたのは、マリリンだ。黒髪をハーフアップにし、しっかりと化粧もしている。今日はいつもの軍服ではなく、シックなパンツスーツに身を包んでいた。胸元に光っているのは、真っ赤なコサージュだ。真ん中に大きな宝石、その周りの花びらには小さな宝石がちりばめられている。護衛が着けるような大きさの宝石ではない。あんなの着けて歩いていたら、マリリンの方が強盗に襲われそうだ。

「マリリン！　こっち、こっち。マリーアちゃんのドレス見せてもらいなよ。すっごく可愛いからさ。今度の結婚式は、こんなデザインのドレスもいいんじゃないかな」

「ニコラス様、結婚式はもう十分だと言っているではないですか……」

　マリリンがあわててニコラスのもとへ走り寄る。

「マリーア様、この度は大変おめでとうございます」

　マリリンが深々と頭を下げた。

「ありがとう、マリリン。ねえ、二人はそんなに何度も結婚式を挙げてるの？」

「は、はい……ニコラス様が、街を移動するたびに教会を予約してしまいまして……」

「だって、マリリンにドレスをいっぱい着せたいんだ。すっごく可愛いんだもん」

　悪びれる様子なくニコラスが笑う。散々止めてもこうなのだろう、マリリンは何も言わずにため息をついている。そこに、アイーダに寄り添われたプラチドがやって来た。その足取りは少しフラフラとしている。

「マリリン夫人。改めて、さっきはありがとう。助かったよ……」

「いいえ！　とんでもございません。ご無事でなりよりでございます」

　プラチドに頭を下げられたマリリンがあわてて跪き胸に手をあてた。

「私からも。マリリン夫人、プラチド殿下を助けていただいてありがとうございます」

　プラチドの背に手を添えていたアイーダにも頭を下げられ、マリリンがさらに恐縮する。

「え？　何、何？　プラチド殿下、襲われたの？」

「いや、そういうわけではないようだ」

　身を乗り出した私にレナートがこたえた。その手はしっかりと腰のリボンを握っている。襲われた、という言葉に反応したのだろう。姉たちが口を閉じ、こちらに聞き耳を立てている。

　急に室内が静まり返ったことに気付いたプラチドが、あわてて笑顔を作って口を開いた。

「大したことじゃないんだ、ミミちゃん。ごめんね、こんな晴れの日に騒いじゃって。実は、さっき階段から落ちてしまったんだ。足を滑らせちゃってね、階段の一番上から……」

「ええっ、よく無事でしたね」

「うん、ちょうど階段を上って来ていたマリリン夫人が受け止めてくれたから、ケガ一つないよ。安心して。はは、ははは……」

　プラチドが乾いた笑いを漏らした。階段から落ちて動転しているにしては、どうも様子がおかしい。

「マリリンもよくとっさに動けたわね。さすがだわ」

私がそう声を掛けると、マリリンは姿勢を正して小さく頷いた。

「は。階段を上っておりましたら、どこかからこれが落ちてきて頭に当たりまして、何だろうと見上げましたらプラチド殿下がバランスを崩されたところでございました」

マリリンはそう言うと、胸の内ポケットに手を入れた。取り出したその手のひらには、灰色の小さなぬいぐるみが載っていた。

「パオリーノ？」

私がつぶやくと、プラチドがカッと目を見開いた。

「パ、パオリーノは、今日ここには連れて来ていないんだ。僕の机の上にあるはずで……どうしてここにあったのか……分からないんだ」

プラチドはそう早口で言うと、アイーダに抱き着いて震えている。後ろにいたプラチドの側近が一歩前に進み出た。

「今朝、プラチド殿下の執務室にテオドリーコ様がいらっしゃいました。殿下は不在だったのですが、パオリーノの様子を見に来たとおっしゃいましたのでお通ししました。こんごもはげむように、とパオリーノを叱咤激励した後、執務室を出られました。きっと、その時テオドリーコ様がパオリーノを持ち出したのではないでしょうか」

一度プラチドにそう説明をしたのだろう。側近はスラスラと流れるように説明した。私はレナートの腕をぎゅっと握りながらほほ笑んだ。

「そうよ、きっとテオの仕業よ。パオリーノと遊んでいて、きっと階段の手すりに置き忘れたんだわ。それがちょうど殿下が階段から落ちそうになったタイミングで偶然手すりから落ちて、マリリンの頭にあたったのよ。ポコーンって。ね、きっとそうよ」

　私がそう言うと、マリリンが戸惑いつつも頷いた。

「そうタイミングよく落ちるものかしら」

「途中でどこかにぶつかって、ちょうどいい角度で夫人のいる方向に跳ねたってこと？」

　せっかく収まりかけた話を姉たちに蒸し返され、プラチドがもう一度震えあがる。

「きっと、式の前に遊んでいたのではないですか。パオリーノが勝手に移動するわけないですもの。ね、そうですわ」

　アイーダにそうなぐさめられ、プラチドはとりあえず落ち着いたようだ。

「ニコラス様、あのことはお伝えしたのですか？」

「プレゼントのことでしょ？　うん、きちんと言ったよ。びっくりしないでね、って」

「そうですか。では、我々はそろそろお暇いたしましょう」

　マリリンに手を引かれ、ニコラスが満面の笑みで去って行った。

「殿下、そろそろお時間です。皆様、バルコニーへどうぞ」

　ライモンドの声に、全員がゆっくりと立ち上がった。

陛下と王妃様、プラチドとアイーダが先にバルコニーへ出る。観衆のざわめきが歓声に変わった。先ほどまで青い顔をしていたとは思えないほど、にこやかな笑顔で手を振るプラチドの後ろ姿を眺めながら、私はその歓声を聞いていた。

バルコニーの下には、たくさんの観衆が私たちが出てくるのを待っている。彼らの頭上には、どこまでも続く澄んだ青空が広がっていた。

私の脳裏に、ハーララ国で行った結婚式の風景がよみがえる。

祝福の拍手。明るい鐘の音。空高く噴き上がる噴水。そうだ、あの時のベールにはティアラの代わりに花がついていた。レナートが私の為に選んでくれた、七色の花だ。

「ミミ？　どうしたんだ？　ぼうっとして」

「レナート」

レナートの手が私の肩に触れた。私は窓越しに空を見上げたまま、彼の名を呼んだ。

「私、虹になるわ」

「え？」

「ムーロ王国とルビーニ王国を繋ぐ、レナートと王城の皆を繋ぐ、国民と王家を繋ぐ、皆の幸せを守る虹になるわ。レナートの瞳の色のような青空にかかる、虹になるわ」

そう伝え、私は振り返った。レナートは大きく目を見開き、私を凝視したまましばらく固まっていた。私がにっこりと笑うと、つられて笑う。

「この瞳の色に生まれたことを今ほど誇りに思ったことはないよ。ミミに出会えて良かった」

レナートはそう言い、肘をこちらに向けた。

「では、行こうか」

「はい」

レナートの腕に手をまわし、バルコニーに踏み出す。途切れることのなかった歓声が、さらに大きくなった。こんなにもたくさんの人が集まっているのを見るのは初めてかもしれない。先頭の端を陣取るアンノヴァッツィ家の弟子たちが両手を上げて振っていた。彼らの体が大きすぎて、その周りの人がやけに小さく見える。遠近法の狂ってしまった一角から視線をずらせば、見覚えのある顔が並んでいる。

「ナヴァーロ村の皆だわ！」

私は叫んだが、彼らに聞こえるはずはない。遠いところを来てくれたのだと思ったら嬉しくなって、ベランダから身を乗り出して手を振った。村の皆の笑顔がさらにはじけた。

ぐいっと腰のリボンを引っ張られ、レナートの隣に戻される。

「ミミ、乗り出してはいけない。危ないよ」

レナートに叱られ、私は照れ笑いをしながら肩をすくめた。それを見たプラチドが耐えきれずに声を上げて笑う。アイーダがつられて笑い、あわてて手で口を押さえる。陛下と王妃様が深い笑みを浮かべた。

「ルビーニ王国万歳！　万歳！」

バルコニーから笑い声が聞こえたのだろうか。詰め寄せた人々も皆、大きな口を開けて笑っている。歓声に笑い声が混じり、飛び立つ鳥たちが甲高い鳴き声を響かせる。なんて満ち足りた瞬間だろう。

人前では眉間のしわを消すことのないレナートがめずらしくほほ笑んだかと思ったら、私の肩に手を置いた。

「レナート？」

振り向く暇も与えずに、レナートはぐいっと強引に私を引き寄せた。そして、前髪をもう片方の手で除け、私の額に口付けた。

わあぁ、といっそう歓声が上がり、バルコニーが揺れた、ような気がした。

レナートが人前でこんなことをするなんて。

呆けた私の表情がよっぽど面白かったのか、プラチドがとうとううずくまって笑い始めた。

「ミミ、しっかりしなさい」

アイーダに肩を叩かれた私は、急激に顔が熱くなった頬を両手で押さえた。手が震えて、視界がぼやける。皆が見ている前で、何てことを！

レナートが何かをささやいているが、歓声にかき消されて聞こえない。でも、きっと聞かない方がいいことだ。私は恥ずかしさのあまりにぎゅっと目を閉じた。

ドン、ドン、と遠くで破裂音が聞こえる。

ああ、これはどこかで聞いた音だ。レナートと一緒に聞いた、懐かしい音だ。

「えっ、ちょっと待って」

我に返った私が目を見開くと、レナートが眉を寄せ空を見上げていた。これは、けしてこの場で聞いてはいけない、音なのでは……。

ドン、ドン、ド——ン！

バルコニーだけではなく、王城すらも揺れる爆音が轟いた。そして、この焦げた匂い。

歓声を上げていた観衆がそろってポカンと宙を見上げている。

「この音は……まさか、また……」

レナートがふいに漏らしたつぶやきに、私は反射的に振り返る。一瞬遅れて、レナートも振り返って仰ぎ見た。

私たちの視線の先には……、王城の屋根のはるか上に広がる、大輪の花火があった。

わあああ、と遅れて歓声が上がる。

まばゆい光を放ちながら、煌々《こうこう》と照る太陽の下に咲く大きな花火。一つ上がったと思ったら、もう一つが上がる。高さを競うように次々と形を変えて、まばゆい花火が大空を彩っている。

バルコニーの下を振り返れば、人込みの真ん中くらいで、マリリンに肩車されたニコラスが両手を振っている。

――レナート殿下とマリーアちゃんに、僕からプレゼントを贈ったんだ。いろいろ詰め込んだら、思ったより多くなっちゃったんだよ。

控室にやってきたニコラスの言葉を思い出した。

「大事なところを言い忘れてるじゃない！」

私の叫び声は花火の爆音にかき消された。

ドン、ドーン！　ドン、ドン、ドド――ン！

豪奢な王城の背に、途切れることなく花火が上がる。

歓声と拍手が混じり合い、さらに会場の熱気が高まった。あまりにも立て続けに花火が上がるせいで、とうとう遠くの山に反響した音が返ってくる。

空を見上げるレナートの瞳には、煌々と照る太陽と、様々な色をなして弾ける花火が同時に映っていた。私はそれを、一瞬の瞬きさえも惜しんで見つめ続けた――。

ドーン、ドン、ドーン。

「ねえ、この花火。いつまで続くの……？」

控室に戻ってからも止むことのない花火の音に、テーブルに頬杖をついた私はとうとう、そうこぼした。

ニコラスの一か月分のお小遣いをつぎ込んだとかいうプレゼントは、私たちがバルコニーを後にしてからも続き、観衆が王城を去った夕暮れ時まで休むことなく続いた。後に、私たちの結婚式は、世紀の派手婚として歴史に残ることになったのだった。

星合の空をながめつつ、
あなたと

雲の隙間から差す幾筋もの光に、向かいの席に座るアイーダが目を細めた。宝玉のような青い瞳が隠れてしまったことを惜しみつつ、私は口を開いた。

「予報通り晴れてきたわね。良かった」

窓から空を見上げていたアイーダの横顔がほほ笑む。つられて私の頬も自然と緩んでしまう。

学園帰りの私たちは、制服のまま王城行きの馬車に揺られていた。

今日は七月七日。今夜は一緒に天の川を見ようと、アイーダと約束をしているのだ。朝は曇っていた空も、昼までに少しずつ雲が薄くなり、今は澄んだ青空が広がりつつあった。雲一つない青空、とはまだ言えないけれど、これならきっと天の川のみならず、満天の星を見ることができるはずだ。

「これから毎年、アイーダと一緒にルビーニ王国の天の川を眺められるだなんて、昨年まで想像もしていなかったわ。すごく楽しみよ」

小国ムーロ王国から留学していた私は、ここルビーニ王国の王太子レナートとの婚約が決まったのだ。第二王子プラチドの婚約者であるアイーダとは義理の姉妹となるのだ。

飛び上がって喜ぶ私を見て、アイーダが手で口元を押さえて笑う。その品の良さに、私はあわてて乱れた制服を直し居ずまいを正した。

「今日は王城内での小さな催しとは言え、陛下と王妃様もいらっしゃるわ。粗相のないようにね、ミミ」

アイーダはそう言いながら、そっと私の制服のタイを直してくれた。

城下のあちこちでは七夕祭りが行われているけれど、忙しくてなかなか行くことのできない城内の使用人たちのために、王家が王城の大きな庭を解放してささやかなお祭りを開催してくれるのだそうだ。私たちは特別にそれに招待されたので、こうして馬車に揺られている。

いつも通り馬車が豪華な門をくぐると、下働きの使用人やメイドたちが走り回っており、すでに城内からは賑わった様子が伝わってきた。皆忙しそうにしているものの、表情は明るく、楽しそうに荷物を運んでいる。

迎えに来た騎士の手を借りて馬車を降りた私たちは、そのまま七夕祭りの会場である庭に案内された。

七夕祭りの会場は、王城でも特に大きな庭だった。整然と並んだ花壇、彫刻のように剪定された植木。青々とした芝生に走る幾本もの小道は規則正しいカーブを描いていて、その模様はまるで魔法の絨毯のようだった。

「魔法の絨毯なんて見たことないけどね」

私はそう独り言ちながら、庭の中央にそびえる大きな木を見上げた。

この庭はどこもかしこも美しいけれど、何と言ってもまずまっ先に目に入るのはこの大きな木だ。太い幹から堂々と伸びる枝は、艶《つや》やかな濃緑色の葉を持っていた。

「マリーア様、こちらをどうぞ」

駆け寄って来た侍女が、笑顔で私に声をかける。彼女が両手で差し出す陶器でできた可愛らしいトレイの上には、色とりどりの短冊が載せられていた。

「お好きな色をお選びください。願い事をお書きになったら、あちらの庭師にお渡しください。後で庭師が木の枝に下げますので」

「ありがとう。あなたはもう書いたの？」

私がそう尋ねると、侍女はぽっと顔を赤らめ照れくさそうに笑った。

「はい。うふふ」

「なあに？　何て書いたの？」

侍女は「内緒です」と小声でこたえ、ぎゅっとトレイを抱きしめるように抱え直した。そして、私の後方をちらちらと窺っている。

「気になるわ。探しちゃおうかしら」

私がそう言うと、侍女があわてて背筋を伸ばした。

「や、やめてくださいっ。恥ずかしい……。あっ、マリーア様。短冊にはお名前は書かないでくださいね」

「どうして？」

「きっと、マリーア様のように他の方の短冊を探す方がいたからでは……。あっ、いえ。昔から、そういう決まりなのです」

侍女はそう言い、礼をしてその場を後にした。そして、頬を赤くしたままそわそわと、近くにいた騎士に駆け寄って行ったのを見て、私は何となく彼女の書いた願い事が分かったような気がした。

しばらくすると、賑やかだった会場が少しだけ静まった。どうしたのだろう、と振り向けば、レナートとライモンドが姿を見せたところだった。

忙しいから遅れる、と言っていたのに。二人の顔を見たら急に心が弾んで、私は勢いよく彼らのもとへ駆け出した。

嬉しそうに騎士に駆け寄る侍女の様子を見たら、私もレナート殿下が恋しくなっちゃいました。

私はのどまで出かかった言葉をあわてて飲み込んだ。恋しかった、だなんて皆の前で叫んじゃうところだったわ。

「殿下！　一緒に書こうと思って、殿下とライモンド様の分も持ってきました」

どの色がいいですか、と三枚の短冊を手のひらに載せて私がそう尋ねると、レナートが困ったように少しだけ眉を寄せた。

「わざわざ持って来てくれたのに申し訳ないが、王族は民の願いを叶える立場だから短冊は書かないんだ」

レナートが残念そうながらも、きっぱりとそうこたえた。私は水色の短冊を手にしながら、きょとんと目を見開く。

「え？　王妃様は書いてましたよ？」

「えっ」

私の言葉に驚いたのはライモンドだ。さすがレナートは動じる様子は見せなかったが、腕を組んだまま黙っている。コホン、と一度咳ばらいをして眼鏡を上げたライモンドが口を開いた。

「きっと王妃様のことです。民の幸福を祈るような、そういった願い事を……」

「息子たちの新婚旅行について行きたい、って書いてました」

「めちゃくちゃ私利私欲にまみれているじゃないですか！」

自分の声を遮《さえぎ》る私の言葉に、再びライモンドが声を上げた。レナートも手で額を押さえてうつむいてしまっている。

「残念だが母上の願いは叶わないな……」

レナートはそうつぶやくと、ペンを握る私の手元を覗き込んだ。

「ミミの願い事は何だ？」

「あっ、見ちゃだめです。短冊は無記名で庭師さんに渡すんですから」

「愛され淑女になりたい、か。すまない、見えてしまった」

軽く首を傾げていたずらっぽく笑うレナートの美しさに見とれ、私は知らず知らず何度か瞬いた。

それを見たライモンドが何を勘違いしたのか、はあ、とため息をつく。

「そのお願いは王族である殿下でもさすがに叶えることはできませんね。マリーア様の努力次第なのですから」

「ということは、淑女教育はほぼ完璧ってことね」

「他人の願い事を盗み見る淑女がどこにいるっていうんですか。ねえ、殿下？」

そう言って振り返ったライモンドに、レナートが大きくうなずく。

「ああ、教育の賜物だな」

「我が国はそんな教育しておりません！」と、ライモンドの眼鏡がずるりと下がる。

持っていたペンを置き、ふうふうと短冊に息をかけてインクを乾かしながら、私は隣にいるレナートを見上げた。

「私の実家では、大きな木の上に皆で登って、一番上に短冊をつけることができた人がたくさんおやつを貰えるんです」

「なるほど。伝統行事は地域によって内容が違うというからね」

「もしかして、ですけど。マリーア様……」

ライモンドが顔を青くする。私はぐっと拳を握り、声を大にして言った。

「もちろん、私が一番、木登りが上手でした！」

「淑女が自慢することではありませんよ！」

「家の裏山に野生の猿が出た時、ミミかと思った、って皆が言ったくらい私は木登りが得意よ」

「それ、多分褒められてないですよ」

肩をすくめたライモンドが今日一番の大きなため息をついた。

「さぞかし可愛らしかったのだろうな」

いつの間にか目を閉じて考えこんでいたレナートが満足そうにつぶやいた。

「やだあ、殿下ったら」

照れる私を横目に、ライモンドが「マリーア様がですか。猿がですか……？」と首を傾げた。

庭には簡易テーブルが広げられ、軽食が置かれていた。使用人たちが賑やかに歓談し、家族を連れて来ている者もいるのだろう、どこかから子供の楽し気な歌声が聞こえてきた。

自然と気持ちの浮き立って来た私は、レナートにきちんと挨拶をして別れ、すでにたくさんの短冊のぶら下がった木へ向かった。

「ミミ、短冊は自分では飾らないのよ」

背後からアイーダの声が聞こえ、私は枝に伸ばした手をおとなしく下ろした。木登りは断念して振り返ると、レナートとライモンドがこちらに向かって歩いて来ている。二人の手には短冊が握られていた。なあんだ、やっぱり願い事を書いたのね。

「レナート殿下は短冊に何て書いたのですか？」

私がそう尋ねると、レナートは「さあ、何だろうね」と言って優しくほほ笑んだ。

頭上に広がっていた青空はさっきよりもずっと濃くなっている。夜が近付いてきているのだ。

私はレナートの顔を見上げながら思った。けしてこの美しい空色の瞳を暮れさせることがあってはいけない、と。

「殿下が皆の願いを叶える代わりに、私が殿下の願いを叶えてあげますからね」

私が両手を握りしめて力強くそう言うと、レナートは一瞬驚いた表情をした後、すぐに満面の笑みを見せる。沈んでゆく夕陽に照らされたレナートの美しい髪が、星の瞬きのように輝いた。

（この作品は、アプリ　マンガUP!掲載の「星合の空をながめつつ、あなたと」に加筆修正したものです）

あとがき

この度はご多用のところ新郎レナート、新婦マリーアの結婚式へご出席いただき誠にありがとうございます。ご紹介にあずかりました、作者のももよ万葉と申します。はなはだ僭越ではございますが、ごあいさつさせていただきます。

短編から始まった「逃げ釣り」も、まさかまさかの三巻です。このような佳き日を迎えられることができたのはひとえに皆様の応援とチーム逃げ釣りの皆様のおかげでございます。ちなみにチーム逃げ釣りとは、小説、コミカライズに携わっていただいた担当編集様をはじめ、関係者全員をまるっとひとまとめにしてそう呼ばせていただいております。ええ、私が、勝手に。

さて、この三巻から逃げ釣りを知ったという皆様に、簡単に新郎新婦の紹介をいたしましょう。

新婦マリーア、通称ミミは婚活のためにルビーニ王国へ留学をしておりました。もともと彼女は実家の公爵家を継ぐ予定だったのですが、とある事情によりその役目を降りることとなったのです。

しかし、参加した夜会の場で突然王太子レナートに婚約破棄されてしまいます。そうです、婚約もしていないのに、でございます。その後、誘拐されたり危害を加えられたりしそうになりますが、ドタバタひと悶着の後、ミミとレナートは婚約。その後もあちらに困った人々がいれば行って騒ぎを大きくし、こちらに他国のやっかいな人々が来れば迎えて火に油を注いでまいりました。

ミミは毎度毎度さまざまなトラブルに巻き込まれますが、そこはさすがヒロイン。おとなしくなんてしていません。助けは待たない、常に自力で戦う令嬢。それがミミです。

そんな彼女にすっかり魅入られてしまったのが、レナートでございます。彼は幼い頃より非常にまじめに勉強に取り組み、現在は王太子として責任感を持って仕事に励んでおります。ゆくゆくは頼りになる立派な国王となることでしょう。ルビーニ王国の未来は明るいこと間違いなし。私はそう確信しております。

あらまあ、簡単に、と言ったそばから長々と話してしまいました。そもそも人生というのはなかなか思う通りにゆかない事ばかりです。

二巻のあとがきでは休肝日を取る事に成功していた私ではございますが、現在では休肝日、何それ、きゅうりのことですか。いやだもう、何を言っているの、ももよさん。それはキューカンバーでしょう。本当に毎日毎日そんなバカなこと言って、しっかりしてくださいよ。ほら、缶ビールを一度置いて。ええい、放せ。止めてくれるな。飲まねばならぬ。これを飲まなきゃ一日が終わらないんだ。え？　終わらないのはお前の原稿の方だろう。

こりゃあ一本取られた。なるほどなるほど、うまくまとまりましたところで、乾杯の音頭を取らせていただきます。それでは皆様、ご起立の上、ご唱和をお願いいたします。乾杯！

おおっと、失礼。うっかり取り乱してしまいました。

それでは、結婚式でのスピーチの定番である三つの坂のお話を、と思いましたが、どうやらお時間のようです。

最後に、謝辞を。

毎回イラストを担当してくださる三登いつき様。まさにハッピー感あふれるウェディングドレスのミミをありがとうございます。このシーンを是非描いてほしい、という私のリクエストにもこたえてくださってもう感無量です。

「他は何にも決まってませんが、ミミの結婚式は○○しちゃおうと思っています」という私のざっくりした案にも、秒で面白いって言ってくださった担当様。その一言のおかげで三巻ができあがりました。

携わっていただいたチーム逃げ釣りの皆様、ご尽力ありがとうございました。

そして、応援してくださる読者の皆様。いつもありがとうございます。ここまで読んでくださったあなたはチーム逃げ釣りの一員です。

長くなりましたが、ご列席の皆様方のご健康とご多幸をお祈りしまして、作者からのお礼の言葉に代えさせていただきます。逃げ釣りはコミカライズもしており、コミックスも大好評発売中ですので、お時間がありましたら是非そちらの方にもお立ち寄りください。

この度は誠にありがとうございました。

テオドリーコ
軍服ver.

あとがき

イラスト担当の三登です。
逃げ釣り3巻をご購入頂き有難うございます！

今回はとうとうミミとレナートの
結婚式でゴールイン…✧✧
と思いきや、誘拐事件やら火事やらで
いつも以上にドタバタだし、ミミは髪焼けちゃうしで
『こんなチリチリヘアーにして大丈夫なのか…っ!!?』と
挿絵を描いていて滝汗ダバダバでした…

結果、ミミ達にとって大きく成長する
きっかけにもなり、読み終えて
『本当に良かったなぁ…』と思える素敵なお話でした!!

私も沢山の方に大変お世話になりながら
逃げ釣りの節目ともいえる今回のイラストを
描くことが出来て、皆様にとても感謝しています(´ω`*)

今回も素敵なお話を書いて下さったももよ先生、
いつも私の無茶に付き合って支えて下さる担当のOさん、
逃げ釣りを更に盛り上げて下さっている
コミックス担当の牡蠣先生＆Nさん、
逃げ釣りをご愛読いただいている皆さん、

本当にいつも有難うございます！
これからも逃げ釣りの世界観を伝えられるよう
精一杯頑張ってまいります！

原作小説3巻発売
おめでとうございます!!!
ピョンピョンはねるミミを見れるのが
楽しみです! コミカライズ版も
ぜひよろしくおねがいします!
ミミミ〜〜〜!!
ながと

スクエニのマンガアプリ「マンガUP！」にて
コミカライズ絶賛連載中！
名作＆新作300超×基本無料＝
最強マンガアプリ
マンガUP!
AndroidでDL▼
iOSでDL▼
https://sqex.to/mupa
https://sqex.to/mupi
原作：ももよ万葉・三登いつき（SQEXノベル）
漫画：ながと牡蠣
逃がした魚は大きかったが釣りあげた魚が大きすぎた件
The fish I missed was big. But I caught another fish was too big.

悪役令嬢は
溺愛ルートに入りました!?

シリーズ累計65万部突破!

STORY
乙女ゲームの悪役令嬢に転生したルチアーナ。「生まれ変わったら、モテモテの人生がいいなぁ」なんて妄想していたけれど…。

断罪イベントを避けるため、恋愛攻略対象は全員回避で、今世もおとなしく過ごします！　なのに、待って。どうしてみんな寄ってくるの?

おまけに私が世界で一人だけの『世界樹《ユグドラシル》の魔法使い』!?

いえいえ、私は絶対にそんな貴重な存在ではありませんから！

もちろん溺愛ルートなんてのも、ありませんからね——!?

SQEXノベル

逃がした魚は大きかったが釣りあげた魚が大きすぎた件　3

著者
ももよ万葉
イラストレーター
三登いつき

2023年10月6日　初版発行

発行人
松浦克義

発行所
株式会社スクウェア・エニックス
〒160−8430
東京都新宿区新宿6−27−30　新宿イーストサイドスクエア
（お問い合わせ）スクウェア・エニックス　サポートセンター
https://sqex.to/PUB

印刷所
図書印刷株式会社

担当編集
大友摩希子

装幀
冨永尚弘（木村デザイン・ラボ）

ISBN978-4-7575-8516-4　C0093
Printed in Japan